見知らぬ
イタリアを
探して

Alla ricerca di un'Italia sconosciuta　YOKO UCHIDA

内田洋子

小学館

目次

book design : Shingo Nakagawa
cover photo : freepik

マフラー貸します

［紫］

いつもの通り朝早く家を出て、表通り沿いに歩いている。円形のミラノを縫う環状道路で往復六車線もあり、昼夜を問わず車の流れが途絶えない。三月に入ったとはいえ、起き抜けの町はまだ冷え冷えとしている。けっこうなスピードで次々と走り抜けていく車のライトが凍った路面に反射して、飾り照明が点灯しているようだ。生気があるのはそこくらいで、すでに日は昇っているはずだが、空も道も木々も無彩色に沈んだままだ。ミラノに住み始めてしばらくはこの硬質な雰囲気になじめなかったけれど、今は、他人から干渉されず好きにしていられるのは得がたい自由だと思うようになった。

空が明るんで街灯がいっせいに消えると、少し先に黄色や赤、ピンク、白い点々が浮き上がった。生花の露天商である。

おはよう、と手を挙げると、店主は目深に被《かぶ》ったニット帽と口元まで引き上げた襟の間から大きな目で笑って返し、こちらの注文を待たずに掌《てのひら》に収まるほどの鉢植えを選んで、どうです？　と持ち上げて見せた。スミレ《ヴィオレッタ》。薄い緑の間に可憐《かれん》な花がのぞく。遠目に花と見えた赤や白、黄色は、これから開く花の色に合わせたプラスチック製の鉢の色なのだった。店主は、手にした鉢と同じ紫色の薄紙を選んで手際よく包み、赤紫色の細いリボンをかけて差し出した。私は、灰色の朝にオーバーコートも黒だと気分が沈むので、明るい紫色のマフラーを巻いていた。それに合わせて花を選んでくれたのだろう。チョコレートボンボンのような包みを受け取ると、胸元にひと足早い春が来たような気がした。

今から訪ねる先へは車なら五、六分もあれば着くのだが、悪天候でも早朝でも歩いていくのは、この露店に寄って花を買うためである。いや、花は口実かもしれない。

人伝《ひとづて》に、店主はずっと以前、政変で荒れる祖国スリランカを後にした、と聞いていた。漆黒の肌にくっきりと白目の映える大きな目が、言葉代わりだ。立ち寄るようになって数年になるが、ダウンパーカーもニット帽も最初に会ったときからずっと同じである。働いているときも、小学生の通学鞄のような朗らかな色合いのリュックをけっして背から下ろさない。きっと彼のすべてが入っているのだろう。ヤドカリのよう、と見るたびに思う。私も店主同様にヨーロッパ圏外からの移民で、独りであり、働く定位置を持たない身上だ。鞄ひとつにすべてをまとめ、肌身離さず持ち歩く気持ちがよくわかる。〈ヨーロッパ圏外〉という類別語に、どんな国境線よりも強い排他を感じる。そういう地で、頼りにできるのは自分だけだ。

路上とはいえ大通り沿いに店を張るようになるまで、彼は何を目にし、どれほどの道のりを経てきたことだろう。

守り札、あるいは同胞だけに通じる符牒《ふちょう》のようなもの、と思いながら彼が選ぶ花を私は受け取る。露店への立ち寄りは、私の毎朝の参詣のようなものなのかもしれない。


「まあ、なんてきれいなのでしょう。しきたりをよくご存知で！」

玄関まで迎えに出てきたパオラは、私のマフラーと紫色の包みに目をみはった。そう言われて初めて、今が復活祭を控えた四旬節の最中であることに気づく。パオラは、簡素な黒い聖衣をまとっている。彼女は、数年前から私が毎日通う、カトリック系小学校の校長である。


復活祭。贖罪《しょくざい》で死んだイエス・キリストの復活を祝う祭儀である。春分の日のあとの満月を待ち、直後の日曜日を復活祭として祝う。キリスト教の最も重要な祝典だが、その礎には太陽や月といった自然への原始的な崇拝があるようで興味深い。

キリスト教のしきたりにのっとれば、荒れ野で四十日間にわたって断食しながら彷徨《さまよ》ったイエスの苦悩を分かち合うために、復活祭の日から同じ日数をさかのぼりその期間は節制して過ごすこと、とされてきた。古《いにしえ》には、人々は食を完全に断ち祝宴も行わず、享楽からも離れて苦行のような日々を送った時代もあったという。現代でも敬虔《けいけん》な信者たちは、四旬節は派手な飲食や余興を控えて復活祭を待つ。

さて、復活祭前の四旬節である二月から三月は、ちょうど冬の底にあたる。蓄えていた食料もそろそろ底を突く。宗教の決めごとに従うまでもなく、否《いや》が応でも消費を切り詰めて耐え忍んできた。

〈冬を乗り切れるだろうか〉

ひもじさを耐えて、春の到来を待ったものだった。

こうしてみると、復活祭前の自粛生活は宗教的な伝統のようでありながら実は、困難を生き抜くための必然だったのかもしれない。

いかに信心のためとはいえ、一ヵ月半にも及ぶ節制を貫くのは容易ではない。そこで、飲み食いと享楽の限りを尽くしてから自粛に入る習慣が生まれた。それが、謝肉祭《カーニバル》である。文字通り、肉を喰《く》らい肉に溺れて、自分たちへの褒美《ほうび》を前渡しする祭りだった。

イスラム教のラマダンにも、そして日本の通夜振る舞いや精進落としにも通じるところがある。飲食をともにして死者を悼み、そして喪に服す。欲を排し、長く静かな鎮魂の時間を過ごすのは、宗教の違いを超えて変わらない。

新約聖書では、十字架にかけられたときイエスが紫色の衣を着けていたとされるため、節制の四旬節に聖職者たちは紫色をまとうようになった。紫色は、悲嘆から立ち上がり復活に希望を託す色なのである。

死んで、生きる。

ニット帽の下の静かな目を思う。小さな紫色のスミレに込めた店主の気持ちが迫る。

校長と並んで、廊下を歩く。百五十年余の歴史の沁《し》み込んだ木の床は、黒光りしている。廊下の片面に天井までの広い窓が並び、中庭を取り囲む。庭木の手入れは行き届き、春を控え切りそろえられた枝先はそろそろ丸みをおびている。同じ敷地内に小学校と修道院が隣接している。ちょうど真ん中あたりに礼拝堂がある。ときおりしんとした香りが廊下に流れる。ミサの振《ふ》り香《こう》か。生徒も修道女もいっしょに、窓ガラス越しに柔らかな陽《ひ》が差し込む廊下を通って中庭や食堂、音楽室へと移動する。古風なレースで縁取りされた白いエプロンを制服代わりに着けた女の子たちが、あちこちで笑ったりしゃべったりしている。中世の宗教画から天使が抜け出してきたように見える。教鞭《きょうべん》を執る修道女もいるため、ときどき自分が今、修道院にいるのか小学校にいるのかわからなくなる。

それは、ミラノにいながらミラノではない、見知らぬ場所であり情景だった。

神戸で生まれた私は、いくつもの異郷が共存するなかで育った。洋館や外国人墓地、教会、各国の料理店、舶来の生地店や仕立て屋、波止場。日本にいながら日本ではない光景が、ごくあたりまえに周りにあった。しばしば自分のほうがよその国へ紛れ込んだ異邦人のような気持ちにもなった。

こちらにいるのか、あるいはそちらなのか。居場所など、でも、どうでもよいことだった。住めば、境界線も言語や文化の違いもたいした問題ではなかった。町には不ぞろいな調子があったのかもしれないけれど、だからこそ自由で新しく、神秘的だったのだと思う。

この小学校に入ると、神戸に置き忘れてきた幼い頃の自分と再会するような気がした。


この小学校へ通い始めて、四年ほどになる。知人から子どもの送迎の代行を頼まれたのが、きっかけだった。

何度目かの迎えで早めに着き、ぼんやり中庭を見ていると、

「子どもたちといっしょに読んだり話したりしにきませんか」

一年生から五年生までのクラスを順々に回って、日本の話をしたり放課後学校で宿題をみたり、給食の感想を述べたりしてもらえないか。

「それから、ときどき手紙を読んで返事の代筆をしていただきたいのです」

そう校長から声をかけられた。

手紙の代筆、か。ずっと昔、大学時代に東京のカトリック教会で、老神父の手紙の代筆

をしていたことを思い出す。寄付した信者ひとりひとりに礼状を書くのが、老いた神父の最後の務めだった。老齢で手は震え目も悪く、学生の私がアルバイトで聞き書きをした。

パオラ校長は、私と同い年だ。その他の修道女たちも皆テキパキとして、代筆者など不要でしょう。

「あなたでないと書けないのです」

校長は棚から小箱を取り、紐《ひも》でくくった紙の束を大事そうに取り出した。ハガキだったり封書だったり。どれにも薄墨色の美しい筆文字が流れる。季節の押し花や手作りの栞《しおり》、ちぎり絵の同封されている手紙もある。校長が封筒に触れるたびに、ふわりとやわらかな文香《ふみこう》が匂い立った。

「もう十数年になります。以前、日本人の修道女がいましてね。歌のとても上手な人でした」

復活祭へ向けて、祈禱《きとう》と聖歌練習のために籠《こも》っていた山からの帰路、スリップ事故を起こして亡くなった。三月の、春にはまだ遠い朝だった。以来ずっと、日本の姉から折々の便りが届く。誰も日本語は読めないし、気軽に訳してもらえる人も身近に見つからない。修道院の礼拝堂では一般の信者に向けてのミサは行われず、閉ざされている。やむなく校長は町中で日本人を見つけては、読んでもらえないか、と声をかけてきたのだという。

遠い異国で独り、逝ってしまった妹。修道院は、そして音楽を教えていた小学校は、彼女が最後に暮らした家である。修道女や生徒は、イタリアで妹を迎え入れ見送ってくれた家族だった。妹が遺した、生きた証《あかし》である。

姉からの筆書きの文字には、濃淡が混じる。高まる思いでしたため始め、少しずつ感情が鎮まり、やがて筆が止まる。薄墨色で封された〆《しめ》は、消えることのない哀《かな》しみだ。

好奇心が勝り、校長の提案を快諾した。

小学校は、中へ入ってみると最初の印象通り、別世界だった。神のもとでは誰もが平等であるはずが、教会が防護壁となって外界の負の要素を中へ入れない。選別された均一で、校内の世界は成り立っている。そこへ、私は通うことになった。親の大半は、自らもこの小学校の卒業生である。そんな彼らから見れば〈圏外〉からの移民である私がここに出入りするようになったことは、異物が混入するような事件だったのではないか。

実際、送り迎えの親たちと目が合うとそつなく挨拶は返してくれるものの、皆、釈然としない面持ちをしている。授業参観日でもない限り、たとえ保護者とはいえ教室には入れない。そこを教員資格も持たない私が行く。〈なぜあなたが?〉。圏外人なのに、か。

パオラ校長は、いっこうに気に留めなかった。もの言いたげな母親や祖母たちに端から

「ご苦労さまです。また午後にお目にかかりましょう」と、たたみかけるように声をかけながら、〈ついていらっしゃい〉と私に目配せし、モップで床の塵《ちり》を掃き除《の》けるように教室へと導いた。

当時は移民法が変わる前で、イタリアへは世界各地から大勢の移住者が訪れていた。留学だったり遊学だったり。合法的な入国者だけではなく、なかには滞在資格を持たないまま不法に住み続ける者もあった。一人が着地に成功すると、そこへ母国から親兄弟、妻子、親族、友人が追随した。たちまち一人が十人となり、中華街が生まれたように出身国ごとに人が集まる地区ができて、イタリアに縮小版のミニワールドが形成されていった。

そのうち移民の数が多い中華街やアラブ人街がある地区の小学校では、イタリア人と移民の子どもたちの占める割合が逆転するようなクラスも出始めた。移住から間もない家庭の子どもたちの間では、学校でもそれぞれの親の国の言語で話す。国語の教師は授業に入る前にまず、イタリア語を移民の子どもたちに教えるところから始めることになる。万人に開かれた公立の義務教育機関として、当然で重要な役割だろう。

小学校の国語教育は、その後の人生を担う肝心要《かんじんかなめ》だ。クラスの過半数が移民という状況に、「幼い頃から多様な世界に触れるチャンス」と歓迎する親もいる一方で、「イタリア人としての国語力への影響が心配」とする向きも多かった。

パオラ校長の小学校は、カトリック系である。伝統主義の象徴のような存在だ。外界から隔絶された純粋培養のような世界である。そこへこうした国語教育の問題が浮上し、公立小学校に見切りをつけて転入してくる子どもが増えた。

しかし母国語に執着しすぎるのは、歪《ゆが》んだ民族主義に繋《つな》がる危険をはらんでいる。国語は、砦《とりで》に籠城して守るべきものなのだろうか。混沌《こんとん》から生まれる叡智《えいち》もあるのではないか。

校長が〈圏外〉の私に学校へ通うよう依頼したのは、手紙の代筆だけが目的ではなかったと思う。

訳《わけ》ありで始まったけれど、小学校の毎日は楽しい。大人の困惑など杞憂《きゆう》だった。幼い頃の私にとって〈異人さん〉が当たり前の風景だったように、ここの生徒たちにとっても、ふだん町で目にしている東洋人が校内にもやってきただけのことなのだ。見た目は異邦人の私がイタリア語を話すのを、子どもたちは喜んだ。毎日、教室に入るや、六歳の手がいっせいに挙がる。

「ラーメンのスープは、何味が好きですか？」

「ニンテンドーに行ったことがありますか？」

「ぼく、オニツカタイガー。先生は、何色を持ってるの？」

四十年前に私が初めてイタリアへ来た頃、日本といえばフジヤマゲイシャに新幹線、北京も東京も一緒くただったというのに。

「先生、ジョエルはニッポンに行ったことがあるんだよ！」

今朝も楽しく質問を受けている最中に誰かがそう叫び、ちょうどそのとき遅刻して教室に入ってきた男の子の方をクラス中が振り返った。メッシュの入った栗色の髪がゆるく波打ち、恥ずかしそうに長く濃いまつ毛を瞬かせている。舞台俳優の父親に連れられて公演地を巡って暮らしている、と校長から聞いている。本人もごく幼い頃からダンスや歌のレッスンを受けているらしい。欠席や遅刻が多く、留年もしている。級友たちより頭ひとつ分出ているのがせつない。いくつかの学校を転々としてきた。足りない出席日数を補ってやるために、校長は体育や音楽の時間に合わせて、校内でジョエルがダンスや歌の個人レッスンを受けられるようにとり計らっている。「美術の代わりに礼拝堂で祈りましょう」。父親と乗る夕方のフライトまでの待ち時間を学校の図書室で過ごせば、「国語と歴史の授業に出たことにします」。

年も違ううえに特別扱いもされて、友だちもいないのだろう。ぽつねんと最後列に座っている。

初めまして、学校にはしばらく通えそう？ と声をかけた私に、少年は半分とまどったような顔でうなずく。
それにしても、とあらためてジョエルを見る。オーバーサイズのパーカーにジャージ、裾からのぞく靴下、スニーカーの紐までそろって黒である。コートフックに掛けたデイパックもキャップも黒。学校指定の青色のスモックを脱げば、そのままモード誌に載るようなトップファッションだ。放課後に子役の仕事などが入っているのかもしれない。大人が選んだお仕着せの格好は、どれだけしゃれていても小学校に来るにはいかにもちぐはぐだ。レースの白エプロンを着けた女児たちに交じると、ジョエルは黒天使に見える。

休憩時間のベルが鳴り、子どもたちは中庭へ飛び出していく。ジョエルは独り、壁にもたれて他の子たちが遊ぶのを眺めている。数人が輪になり、家から持ってきたおやつをうれしそうに交換している。ふざけて笑い合う声やなわ跳び、向こうの方からはシュートを競うバスケットボールの音が聞こえる。晴れているがまだ弱々しい日差しで、教師たちが「ジャケットを羽織りなさい」と、呼びかけている。ジョエルが立っているところは、日陰になっている。大きすぎるパーカーの首回りから鎖骨がのぞいて寒そうだ。喉でも悪くしたら大変、と私は紫色のマフラーを持ち中庭に出て、よかったらどうぞ、と渡そうとした。

「とんでもない！」

頭を振ってジョエルは叫び、恐ろしいものから逃げるかのように飛び退《の》いた。

びっくりしたのは、私のほうである。飛び上がるほど、遠慮するようなことでもないだろうに。

「そろそろジョエルの父親の新しい舞台が始まりますからね」

訝《いぶか》しげにしている私に、校長が笑いかけた。

ああ、そうだったのか……。

知り合いの歌手や演奏者、指揮者、役者に監督、メイクアップのスタッフや大道具、照明係など、舞台芸能関係者たちの顔を順々に思い浮かべる。イタリアでは、観劇には紫色はご法度である。洋服もバッグも靴も、観客は紫色を身に着けて劇場へ行ってはならない。紫色は不運を招く色とされ、縁起担ぎの多い舞台関係者は忌み嫌う。

最初にそう教えてくれたのは、ボローニャに住む役者だった。

九十近くになっても主役を張った、イタリアを代表する名優だった。晩年には当然、老人役が多かったが、臨終の場面もマイクなしで劇場の端まで通る、息も絶え絶えの声で演じてみせ、彼の芝居も今生の見納めか、と観客を泣かせたものだった。

「紫色のものは、けっして身に着けてこないように。もちろん花束も、楽屋への差し入れの包み紙も贈り物のリボンも、紫色は絶対に駄目だからね」

舞台に誘ってくれるたびに、そう念を押していた。

あるこけら落としの夜、幕が上がるとすぐに彼は舞台から客席に下り立って、背を伸ばし微笑《ほほえ》みながら悠々と歩き始めた。劇場のすみずみにまで挨拶をして回るたおやかな様子に、芝居が始まる前からすでに観客は陶然となり大きな拍手を送っていた。最後列に着き舞台に戻るべくUターンしかけて、老優は突然、立ち尽くした。

「本日の出し物は、ここで幕とさせていただきます」

劇場中に響く声で口上を述べると、きびすを返して楽屋へと引っ込んでしまった。最後列にいた若い女性が、紫色のシュシュで髪をまとめていたからだった。

「舞台人が紫色を避けるようになったのは、四旬節を象徴する色だったからなのですよ」

校長が説明してくれる。復活祭を控えた四旬節の一ヵ月半は、いっさいの享楽を控えるように、とされてきた。音楽会や演劇は、すべて休業しなければならなかった。音楽家や役者たちは収入の道を断たれ、ひからびた。四旬節は、失職と貧窮を意味した。紫色は、芸能人にとって不幸を連れてくる色なのだった。

この日、俳優を父に持つジョエルが黒ずくめなのも、四旬節で苦しんだ芸能の先達への供養なのかもしれない。

そういえば、とあらためて昨年の冬から春にかけてのあの一ヵ月半を思い起こす。イタリアで最初の新型コロナウイルス感染者が見つかるや、瞬く間に感染が拡大し非常事態宣言が発令され都市封鎖となった。昨年の謝肉祭のあと、四旬節が始まったところだった。薬局や食料品店以外の店舗はすべて閉鎖され、多くの企業は休業し、学校も閉鎖され、映画館も劇場も美術館も閉まりあらゆる興行は中止された。人々は家に閉じこもった。中世のペスト以来の未曽有の事態である。

やっと復活祭を迎える四月になったが、皆が待ちわびた春は来なかった。春の息吹とともに苦しみは終わると信じていたのに、四十日を経ても節制の生活は終わらなかった。

ちょうど復活祭の日だったか。疫病に倒れた大勢の犠牲者の遺体を載せた軍用車が、夜、長い葬列をなして町を後にする様子が報道された。地元の墓地に葬りきれず、遠く離れた地へと運ばれていったのだった。

しばらくしてミラノの大聖堂前の広場に舞台関係者たちが、楽器やスピーカー、譜面台や衣装を入れた黒塗りの箱を何百個と並べた。一夜のうちのできごとだった。無数の黒い箱が静かに横たわる。隔離の生活で舞台芸能が消えてしまったことに対しての無言の抗議であり、救済の懇求だった。

それはまた、声なく逝ってしまった犠牲者たちへの、そして自分たちへの弔いだったのではないか。


黒ずくめの小さな男の子ジョエルを見ながら、あれこれ思い出していると、

「スミレは小さいけれど、冷たい仕打ちに負けない花です。紫色の花がたくさん咲いて、春が早く来ますように」

パオラ校長が笑った。

［ピンク］

肌合いの違い

朝六時を少し回ったところだ。まもなく日の出の空は白々として、薄く靄《もや》がかかっている。今日は晴れて暖かくなるのかもしれない。広場前の始発停留所に停《と》まっていた路面電車のモーターが始動したので、あわてて飛び乗った。飛び石連休を利用して、ミラノ中央駅から電車でヴェネツィアへ行くところだ。百四十年前に路面電車が開通した当時の復刻モデルで、一両編成の車両に座席が窓に沿って横長にベンチを置くように配置されている。日曜日のこんな時間に路面電車に乗るのは自分ぐらいだろう、と思っていたら、先客がいた。黒いフェルトのハットを深く被りシフォンのスカーフを鼻先まで引き上げ、女優のような大ぶりのサングラスをかけている。乗客は私たちだけなのでわざわざ真横や真正面に座るのも気が引けて、その女性とは少し離れて斜め向かいに座った。路面電車は発車時刻を待っている。私はデイパックを抱え直したり携帯電話を触ったりしながら、チラチラ女性を見る。高級ブランドのキャリーバッグにそろいのコスメボックスを載せ、ベルトをひと結びしたベージュのトレンチコートの裾を割って高く組んだブルージーンズの脚《あし》が美しい。その先にはレインシューズ。(あれ、レインシューズ? 雨は降っていないのに)

なんとなく気詰まりなので、サングラスと帽子に隠れて目線はわからなかったけれど、おはようございます、と小さく会釈してみた。ゆっくり首をかしげて、あら！　というふうにサングラスを持ち上げこちらを見たその人は、同じ建物の階下に住むニコレッタだった。早朝のすっぴんを隠すためかと思っていたサングラスの下には、くっきりとアイラインを引いた大きな目があった。目もとは明るいピンク色で染められ、これから観劇にでも行くように華やいでいる。古びた薄暗い車内にちぐはぐで、見てはならないものを目にしたようでどぎまぎする。

「ヨーコもお出かけ？　いつもどこかに旅して、うらやましいわ」

こちらに、と手招きしながらニコレッタは早口で言い、

「中央駅まで？　それなら、いっしょに行きましょう」

気まずい空気を取り繕うように言い足した。

ニコレッタが階下に引っ越してきて、もう二年近くになるだろうか。

建物に数戸の空きが出たとき、同じ階のアパート二戸を並びで購入した人がいると聞いていた。複数の大学に近く、昔ながらの商店街もある便利な地区だ。店子《たなこ》は短期間で入れ替わる。おそらくその二戸も手堅い賃貸物件として投資目的で購入されたのだろう、と思

っていると、早々に改築工事が始まった。それは、水回り程度の簡単なものではなかった。ドリルで床を掘り返してはがし、壁を打《ぶ》ち抜き、破った天井を鉄の梁《はり》で補強し、配管を取り替え、窓を枠ごと替えるような大工事だった。レンガやセメントの袋、鉄棒を積んだ大型トラックが建物の玄関前に連日横付けされ、裏口からは粉々になった壁や鉄屑《てつくず》、ガラスの破片を詰めたバケツがロープで吊《つ》るされては階下へと運び出された。土埃《つちぼこり》がもうもうと立ちこめて、おちおち窓も開けていられない。建物の玄関口から階段には、建築資材を運び込む際に損傷しないように防護シートが敷き詰められた。作業員がひっきりなしに出入りするため、玄関のドアは開けっ放しだ。月曜日から土曜日の朝八時から夜六時まで、頭上や足元の爆音や振動は休みなく続いた。閉めきっているのに、家の中を歩くとジャリジャリと音がした。改築現場は七階建てのちょうど真ん中の階だったため、住人全員を巻き込んで暮らしは激変した。

家を買うと、誰もが多かれ少なかれ手を入れる。だから、家主が新しく代わったと知ると、前からの住人たちは心づもりする。

「お互いさまですから、気になさらずに」

今回も工事前の現場監督の挨拶に、いつものこと、と穏やかに対応していたのだが、なかなか終わらない工事に遂に皆の堪忍袋の緒が切れた。

〈緊急！　臨時集会を開きます〉
ある朝、玄関ホールに住人代表からの通知が貼られた。

二十数年前に入居して以来、親しいつき合いだった元裁判長とその妻、大学の美学部の教授、高校の校長、公証人など、古顔の住人たちはすでに鬼籍に入ってしまった。皆、個性の強い人たちだった。長く住むあいだには、ボヤ騒ぎや訪問詐欺、空き巣狙いに水漏れなど、建物全部を巻き込むできごとに多々遭遇した。しかし問題に見舞われるごとに住人の結束は強まり、時が経《た》つにつれて住人の顔ぶれが代わっても、長屋に暮らすような連帯感と安穏な雰囲気は昔のまま残っている。たとえば何戸かは学生向けの貸家だが、新しく若者が入居してくると皆で歓待する。地方出身の学生がホームシックに罹《かか》ったらしいと知ると、古株の住人が何気なくコーヒーや食事に誘ってやる。クリスマスや夏休みが終わると、学生の郷里からは母親の手製のトマトソースやオリーブオイル、「うちの庭の収穫です」と、箱いっぱいのオレンジが届く。それを理由に集まって、わいわい食べる。若者たちは卒業して下宿を引き払っても、就職が決まると必ず戻ってくる。すると屋上に集まって、彼らの門出に祝杯を上げる。

元裁判長の老夫妻が車椅子の生活になったとき、一人娘がいるものの寄りつかず、住人たちがかわるがわる食料や薬を買いに行っていた。自分も用事があるふりを装って銀行へ付き添ったり、代理で郵便局まで書留を受け取りに行ったりした。誰かに強制されるわけでもない。それぞれできる範囲で、小さく手を貸す。遠い故郷にいる自分の親を思いながら、「お互いさまです」と、近くの隣人に孝行できることを喜ぶ。

〈おめでとう〉

クリスマスが来るたびに、老夫妻からのカードが添えられたパネットーネ（クリスマスの伝統菓子）が玄関前に置かれていたのを思い出す。

建物に入ると、そこはもうわが家だ。付かず離れずのつき合いは気楽で、でも静かな見守りに満ちていて温かい。慌ただしいミラノでは稀《まれ》な環境だろう。

終わらない改築工事のせいで、今、その安穏な暮らしが壊される危機にある。

「いったい、あとどのくらいかかるのでしょうか？」

住人全員がそろうと開口一番、住人代表は改築中の家の持ち主に詰め寄った。家主は、五十歳前後というところか。落ち着いた色調のチェックの替え上着は、腕利きの仕立て屋によるものなのだろう。肩から袖口まで、ほどよく身体《からだ》に沿って品がよく、着心地もよさそうだ。白髪が交じる前髪のあいだから黒目がちの眼《め》をくりくりさせながら、もうしわけありません、と集まった住人一人ひとりに頭を下げた。

〈二戸続きを購入して全改築するくらいなのだから、かなり羽振りがいいに違いない〉

〈鼻持ちならない人だったらどうしましょう〉

〈代々の富裕層が住む地区ではなくここを選んだのは、他所《よそ》から来た新興の金持ちなのかも〉

　ところがどうだろう。母親に叱られた少年のようにもじもじと心底すまなそうな丸い目で詫《わ》びられて、私たちは用意していた苦言を飲み込んだ。彼、ルイジは、外国投資家向けのコンサルタントをしているという。株式市場があるミラノならではの職業で、競合の多い熾烈《しれつ》な業界だ。おっとりとしたこの人が、丁々発止で商売敵とやり合うのか。

「完成したらすぐ、結婚する予定です。新居での祝宴にいらしてくださるとうれしいです」

　招待状を一人ずつに手渡して回った。ぽってりとしたクリーム色の厚手のカードに活版印刷の紺色の文字が映え、両家の喜びが静かに伝わってくる。新郎ルイジの欄には、ミラノから車で小一時間ほどのところにある農村の住所が記されている。高齢の母親が独りで暮らしているという。結婚を機に呼び寄せていっしょに暮らすのだ、とこぼれんばかりの笑みで説明した。長引く工事を巡り、言い争いを覚悟していた私たちはカードを手に話を聞いてすっかり骨抜きになった。だから二戸まとめて、だったのか。

「始まったものは、やがて終わりますからね。どうぞよいお式になりますように」

祝辞とも承認ともわからないようなことを住人代表がもごもごと言い、その通り、と私たちもあわててあとに続いて、臨時集会は終わってしまった。


いくつか季節が巡って、ようやく工事は終わった。〈入居に伴い、ご不便をおかけします〉の張り紙のあと、引っ越しは延々と数日に及んだ。連日やってくるトラックは車体に大きくメーカー名が入った工場からの直送で、さながらイタリアのインテリアデザインを代表する企業年鑑を繰るようだった。運んでも運んでも、荷入れはさっぱり終わらなかった。どれもが大型家具で、すべてが新品だった。建物内のらせん状の階段を回りきらない大物は、ハシゴ付きの搬入車を建物前に停めて、窓から運び込まれた。


「スペッターコロー《すごーぃ》！」

子どもたちは昇降するハシゴに歓声を上げ、通りがかりの人も足を止めて搬入作業を見物した。輿《こし》入《い》れ、という言葉を思い出した。

それでおしまいではなかった。引っ越しから数日後の朝、ドッドッドッという低い爆音が響き、窓から下を見ると大型のオートバイが見えた。ドゥカティ。かなりの重量級でありながら今にも軽々と空を飛んでいきそうな車体にまたがって、新婚夫婦がやってきたのである。そのあとに、十数の花が続いた。大きなリボンをかけた花束や観葉植物がいくつも届く。劇場の公演初日のようだった。

「はじめまして、どうぞよろしく」

いよいよ招待を受けて新居を訪ねると、花いっぱいの玄関にルイジが出迎え、その横にピンク色のミニチューブドレスに素足でピンヒール、フルメイクの妻ニコレッタが立っていた。長身に明るめに染めた金髪が大きく波打って、肩にかかっている。ドレスからのぞく胸元や二の腕はみずみずしく張っている。夫より二回りは若いのではないか。ジーンズにTシャツの下宿生も、普段着で手作りの菓子や二、三本のワインを提げていった私たちも、たじろいだ。

ミラノの人の多くは、近所の市場へ買い物に行くだけでもジャケットにスカーフ、帽子を合わせ、磨きあげた革靴、と身繕いに手を抜かない。他人からどう見られるか、常に神経をとがらせているようなところがある。やたら自意識が高いのは、ミラノには地方出身者が多く、都会育ちでないのを見抜かれたくない見栄からだろうか。あるいは劣等感の裏返しか。しかしたとえアピールに熱心でも、むやみと飾りたてるのは野暮だ。寒色と控えめなデザインこそミラノ風、という決めごとがある。

さてそういうミラノで、ニコレッタは華やかなピンクのドレスを着て、壁側に立つ両親と妹を紹介する。色とりどりの大きな花柄のブラウスの母も、明るい青のスーツに黄色とえんじ色のレジメンタルタイの父も、銀ラメ入りのサイドラインが入ったジャージ姿の妹も、それぞれ気合いの入った装いに違いはなかったが、ひと目でミラノ場外組と知れた。粧《めか》せば粧すほど、都会から遠ざかっていくような。遠くに上がる打ち上げ花火を音無しで見物するような。

ルイジは、妻ニコレッタが愛《いと》おしくてしかたがない。

「ここは僕がするから、君は皆さんと話しておいで」

自分は黒い大理石とステンレスのアイランドキッチンに立って、銀製の大皿に並べたつまみを勧めたりシャンパンを注いだりしている。

「イチゴにしましょうか？　ザクロもなかなかいけますよ」

フルーツを入れて淡いピンク色に染まったグラスを手に、かいがいしい。ひらり、ふわり、ひらひら。ピンクがあちらこちらで揺れ、ニコレッタは居間に咲く花だ。ミラノ大学の法学部を卒業したばかりだそうで、

「わが社で見習いとして働いてくれているのですが、とても有能で顧客の評判も上々でして」

自己紹介をして回るニコレッタのそばに、いつの間にかルイジがすっと寄り、言葉を足して目尻を下げている。その背後でニコレッタの母親が大きくうなずき、ルイジに目礼し

ている。

「幼い頃から、ファッションモデルか弁護士かを迷うような子でしてね」

父親は自慢げにつけ加え、

「姉は、人気急上昇中のインフルエンサーなのよ！」

妹はジャージで踊るように話の輪に入ってきて、携帯電話の画面をスクロールさせニコレッタのインスタグラムの投稿を皆に見せて回る。ニコレッタ姉妹と年の違わない下宿生たちは、「かっこいー！」「ヴィンテージスニーカーだ！」「金賞のワインを蔵まで飲みに行ったの⁉」と、歓声を上げている。

雑談も尽きてそろそろお開きかと思っていると、天井からスクリーンが下りてきた。それから三十分、私たちは皆でヴァーチャルで南洋の海に潜ったり白いビーチで寝そべったりした。新婚旅行の記念動画だった。

玄関口に見送りに立った二人は、盆に載せた小さな包みをひとつずつ手渡した。小さなバラを添え薄いピンクのシルクの布に包まれた大粒のコンフェッティ（古代ローマにさかのぼる、アーモンドを糖衣で包んだ菓子）が入っている。バラもカードもコンフェッティも、すべてピンク色ぞろいだ。幸運を象徴する菓子で祝事に配られるが、結婚祝いにピンク色のコンフェッティは珍しい。純潔と新しい門出には、白が普通なのだ。

やさしいベビーピンクですね。

礼を言いかけて、あ！　と気づく。居間の花、テーブルクロス、あちこちに置かれたナフキン、取り分け皿、フルーツ入りのシャンパングラスが、ピンクでそろえられたすべてが、いっせいに目に飛び込んできた。

「そうなんです。授かりました！」

目を潤ませたルイジが、ピンクのニコレッタを引き寄せお腹《なか》に優しく手を添えた。


ドゥカティはやがて運転手付きのベンツに代わり、数ヵ月後に再び建物の前に子ども用の家具メーカーのトラックが何台も往来したあと、ある朝、建物の玄関扉にピンク色のオーガンジーの大きなリボンが貼られた。〈はじめまして！〉。新生児誕生の日時がピンク色の糸で刺繍《ししゅう》された白い帯が垂れていた。

ルイジとニコレッタが入居して以来、建物は彼らの住んでいる階をはさんで分断されたようになっている。昔、高貴な人々が住む屋敷は、一階に門番が常駐し、外客を迎え、中二階に執事が控えていたものだった。使用人の部屋は天井が低く、家主が暮らす二階から上は高天井となっていた。最上階はたいてい斜め天井の屋根裏で、物置として使われたり住み込みの家事手伝い人にあてがわれたりした。現在でも、建物の窓の位置から昔の住まい方が推し量れる。

私たちの建物は今、ルイジ夫妻宅をあたかも屋敷主のように真ん中の階に抱いて、残りがかしずくような状態になっている。

「それでは皆で、〈ご主人様のお世継ぎ〉の出生祝いに行きましょうかね！」

ピンクにそろえたヘアバンドやよだれ掛け、スプーンや掛け布など実用的なものから、「どう!?」と、一階に住むロザリアがうれしそうに見せるのは、長い丈の白のワンピースだ。少しずつ買い溜《た》めてあった麻の布とアンティークレースで、彼女が手縫いをしたのである。小さなボタンは、薄く透けるピンクの花びらのようで愛らしい。

「郷里の海岸で桜貝を拾い集めて、ボタンに加工してもらったの」

サルデーニャ島出身の彼女は長年ミラノの大病院で看護師長を務めた人で、ふさぎ込む若者からあちこちが痛む老人まで住人全員が、いつも彼女の世話になってきた。きっと夫妻と新生児にとっても、心強い隣人になるだろう。

建物に赤ん坊が生まれるのは久しぶりなので、私たちは自分の孫や姪《めい》が生まれたも同然に興奮し、小さな女の子に会いに行った。

ピンクのシルクサテンのガウン姿で出迎えたニコレッタは悠然として、もうひとかどのミラノマダムの貫禄《かんろく》だ。抱いた赤ん坊は、白とピンクのストライプのロンパースにソックスとそろいのサーモンピンク色の帽子を被っている。

「息子のジャンマリアです。よろしくお願いしますね」

え？

「だって、コンフェッティも玄関のお知らせのリボンもピンク色だったでしょう？　私たち、てっきり女の子なのかと思って……」

驚いて返した一階のロザリアに、

「〈男の子は水色で女の子ならピンク〉と、決めつけるなんておかしいわ。そもそもピンクは高貴な色でしょ」

ニコレッタは、法廷で相手を論破するような口調で返した。


ピンク。サクラ色。モモ色。バラ色《ローズ》……。

今では何の気なしに呼んでいるが、長らく固定した色として呼び名がなかった。英語のピンクはもともとは〈ナデシコの花〉の意味だがそれは赤系の色のことだったし、サクラ色と言えば日本なら桜の花の色として連想されるものの、他所では〈サクランボウ〉と実のほうを指すために、黄色がかった赤を連想し、同じ呼び方でも色味は異なる。同様にモモ色も花か実かで色の幅は広がり、一色には定まらない。そしてバラの花というのは、何世紀にもわたって白か赤、稀に黄色があるだけだった。どの呼び方も、現在認識されている〈ピンク色〉を指すものではなかった。

ヨーロッパでは古代ギリシャ時代の哲学者アリストテレスが考察した白、黄、赤、緑、青、紫そして黒が、色彩軸の基礎だった。この七色にあてはまらない中間色は、――たとえば夕暮れの一瞬や、幼児の頬《ほお》、花、貝殻、月光などの色――は、確かに目には入っていたのにもかかわらず存在を無視され、名前を付けられることはなかった。ピンクもそうした色のひとつだったのである。

中世、ヴェネツィアの海運業者が東方から持ち帰ったものに、色材《しきざい》があった。天然素材である。それを使って人間が生み出すものに色を付ける、染色という新しい発想がヨーロッパに上陸すると、イタリアには染色の職人が生まれ独自の技術を考案した。その結果、ヴェネツィアでは芸術と印刷物に多彩な色が加わり、イギリス産の原毛を製糸し織物に加工していたフィレンツェでは繊維が染められた。目眩《めまい》のするような、光あふれる新しい時代の到来だった。

世界で最初に染色を手がけたインド産の色材はしかし、絶対量が少なくとても高価だった。稀代《きたい》の植物や貝殻、昆虫が原料だったからである。珍重されればされるほど、それで染められる色も貴重となり、格が上がった。特別な色で別格の物や高位の人を飾るという、象徴的な意味が加わっていったのである。発色に存在感のある赤や金、青がその代表的な色だった。

赤とひとくくりに仕分けされ存在を無視されていた〈ピンク〉は、染め出す植物が原産地の東方《オリエント》でも植生数は少なかった。しかも同じ染め色を再現できないうえに色落ちもしたため、商材として利点がなく、なかなか広まらなかった。ところがコロンブスにより〃新大陸〃が発見されると南米で強い染色力を持つ植物が見つかる。イタリアの職人たちが画期的な色止めに成功したことも重なって、安定した色に染められるようになった。これにより、一気に〈新しい赤〉としていわゆる〈ピンク〉色のファンが増えたのである。たちまち〈ピンク〉の色材は、高値の商材となった。時の権力者と富裕者は先を争って最先端の色であるピンクで染めた衣服をまとい、己の地位と財力を誇示するようになった。困ったのは、その色をどう呼ぶかだった。これまで色として認知されてこなかったため、ラテン語や古代ギリシャ語、アラビア語やペルシャ語にも転用できる名称はなかった。最終的には、イタリアの染色工房の集まるヴェネツィアやトスカーナの土着の言葉〈インカルナート《肌色》〉が選ばれ、フランスやスペイン、イギリスでも翻訳されて〈ピンク〉の色調を指す呼称となっていったのである。十五世紀前半のことだった。

「反物から染めてくれる職人を見つけましたの！」

ニコレッタが、自宅のソファの掛け布やカーテン、テーブルウエアといったインテリア用品に始まり自分のドレスやガウン、赤ん坊の衣類に至るすべてを同じ色調のピンクでそろえることができたのは、優秀な染色工のおかげだと言った。

「若いのに、実に腕と気のいい職人でしてね。ヴェネツィアの工房からわざわざうちまで頻繁《ひんぱん》に通ってもらい、こうして妻の望み通りに美しく染めてもらうことができたのです」

ルイジは息子の肌にそっと触れ、満足げに息を吐いた。


今、薄暗い路面電車の中でニコレッタはピンク色のスカーフを引き上げてサングラスをかけ直す。目もとがぽっと染まって見えたのは、スカーフの色が反射していたからなのか。あるいは、火照りだったのか。

日曜日の早朝に、乳飲み子を家に置いてこの若い母が向かおうとしている行き先をあらためて思う。

晴れの日にレインシューズ、か。……。

ルイジとニコレッタ夫妻が別れたと聞いたのは、路面電車で会った日曜日からほどなくしてのことだった。

［緑］

海にオリーブ

ミラノは暑い。五月に入ったばかりだというのに、家の中にいてもじっとり汗ばむ。シロッコが吹き込んできたのだ。この時期にアフリカ大陸から吹いてくる季節風で、サハラ砂漠で発生するときには乾いた熱風だが、ヨーロッパ大陸へ北上していく際に海を吸い上げ、重く湿った風に変わる。ミラノは北にアルプス山脈、南にはアペニン山脈に囲まれた内陸の平野部に位置している。シロッコはイタリア半島を縦に吹き抜けたあと北部の山々に打ち当たり、再び南へ下りてくる。アフリカから上陸したばかりの風と、山に阻まれてUターンしてきた風が、ミラノの上空でぶつかり合う。気圧と温度差の衝突で大風が吹き荒れ、雷鳴が轟《とどろ》き、暗雲が垂れ込めたかと思う間もなく小石のような雹《ひょう》が降る。ミラノの夏の始まりは劇的だ。

うちの窓から初夏のミラノを見下ろしている。緑を深めた公園の木々は、晴れ渡った空と強いコントラストを成している。青空にごまかされてはならない。からりとした日には、はるか彼方《かなた》にアルプスの尾根が浮かび上がって見えることもある。ところがシロッコが吹く今日は、下方に近づくにつれて青色は薄まり、建物の屋上のアンテナや煙突のあたりで青みを薄く残した灰色に変わっている。逃げ場を失った湿気と熱が、すり鉢の底のようなミラノに溜まっているからだろう。町の底を窓の縁から覗《のぞ》き込みながら、〈甕覗《かめのぞき》〉と呼ぶ色が日本にあるのを思い出す。

それにしても、蒸す。町全体がすっぽりとドームカバーで覆われたようで、息苦しい。蒸し暑さに加えて、視界がさえぎられるほどにポプラの花粉も舞っている。花粉は絡まって握りこぶしほどもある玉となり空や地表を飛ぶので、おちおち窓も開けられない。

とうとう家から逃げ出した。外に出たとたん、湯が沸き立つ鍋の中に入ったような暑さだ。この地区を流れる二本の運河の交差する地点に、大きな広場がある。二〇一五年のミラノ万博を機に全面が掘り返され、新建築材で改修されてしまった。広場に向かって流れている運河があるが、再開発計画は何度も頓挫し放置されていたため、浅瀬から岸にかけて野草や低木が好き放題に繁っていた。ゴミの不法投棄も増えて荒れる一方だったが、町の一等地に伸びる草木は生命力に満ちた眺めだった。そのうち上流の河川から魚が戻り、追って水鳥も集まり始めた。何事もまずは体裁が第一のミラノにはそぐわなかったが、野趣があり、市民の大半は口では市政の怠慢を批判しながらも、内心では再開発を願っていなかったはずだ。ところが、いよいよ万博へ向けての工事期限が迫ったある日、突然すべての緑が引き抜かれ、運河は底から岸までコンクリートで固められてしまった。岸沿いの街路樹はかなりの年季で高く広く枝葉を伸ばし、夏になると周囲に気前よく木陰を投げていた。おかげで人々は水際で涼を楽しめた。海のないミラノで唯一、夏の風情を味わえる場所だった。それなのに、「張った根が道路や広場の路面を持ち上げるので」と、その街路樹までもが一本残らず引き抜かれてしまった。ミラノ万博と引き換えに緑の陰を失って、広場は平らでピカピカのフライパンになった。

照り返しに目がくらみそうになりながら、広場を横切って角のバールに飛び込む。

「早朝からクーラーを入れてあるから、店にいらっしゃい」

前日、店主から声をかけてもらっていた。午前中からすでに四十度に迫る暑さで、バールは老若男女の避難所になっている。見知った顔が集い、目の前の大通りの信号待ちのようだ。

イタリアの建物はどれも石造りで、数世紀をさかのぼる建築物の中には壁の厚みが一メートル近くのものも珍しくない。続く雨や雪を壁の奥まで沁み込ませ冷えを抱えて冬を越し、夏になると溜め込んだ冷気と湿気を放って外の熱気を寄せつけない。教会や美術館、駅舎、古い屋敷に入ると、ひんやりとした別世界が待っている。建物自体がサーモスタットの機能を果たしている。

「人工的な冷気は身体に悪い」と、クーラーを嫌がる人は多い。店舗や会社に冷房が入ったのは、異常気象で酷暑が長びくようになったこの数年のことである。多くの学校や旧型の電車には、いまだに冷房がない。そもそも壁が分厚すぎて設置に手間取るし、町の景観を損なってはならないという厳しい文化財保護法もある。表から見える正面のバルコニーに洗濯物を干すなどして、建物の面を汚すのは許されない。エアコンの室外機や排気管など、言わずもがなである。エアコン設置のために、市役所や国からの許可証が必要な建物も多い。申請して許可が下りるのを待っている間に、夏は終わってしまう。

シロッコが吹くと、週末の高速道路が混む。夏の休暇にはまだ間があるが、ミラノの執《しっ》拗《よう》な暑さから山や海、湖畔へ逃げるためだ。長らく私もそのひとりだった。シロッコごとに居場所を探すのはもはや恒例の行事であり娯楽だったが、ある年の五月、週末を過ごしたリグリア州の港町の屋外で夕食を食べ終えて、ミラノに戻るのが嫌になった。宿泊を延ばし、翌朝から地元の新聞に掲載されていた賃貸物件に片っ端からあたった。知り合いのいない土地での家探しは、近隣の評判も土地の歴史も、賃料が適価かどうかも確かめる術《すべ》がない。頼りにできるのは、自分の好みと勘だけだ。情報やアドバイスがないほうが気楽に決められる、ということもある。海の町で、これこそ！　という家はわりとすぐに見つかった。

当時はまだ、海すれすれに鉄道が通っていた。南仏コートダジュールへと続くこの路線の車窓からの眺めは次々と海ばかりで、電車に乗るのが目的、という旅行者も多かった。線路からすぐ上方に、並行して国道が通っている。古代ローマに通された旧街道であり、現代もイタリアの流れの源だ。リグリア州は、トスカーナ州からフランスとの国境へ延びる長細い自治体である。領域のほとんどが山で、海まで迫っている。平地はほとんどない。温暖な地中海でも、とりわけリグリア州は寒暖の差が少ない。十分な耕地がないので野菜や果物の代わりに、山の斜面にオリーブの木が植えられている。オリーブは常緑樹なので、リグリアは一年じゅう緑色だ。

目星をつけた物件の内見に行くために旧街道を運転していると、頭上からは太陽が、前後左右からは海と山が飛び込んできた。

〈家を出るときには昇る太陽と向き合い、帰りは夕日が出迎えてくれるのか……〉

車から降りるなり家の前で待っていた担当者に向かって、ここに決めます、と告げてずいぶん驚かれた。

私が借りることに決めた家は、都会人向けの別荘として建てられたものだった。寝室と台所、居間をただ横並びに置いた、おもしろみのない間取りだった。日常を離れるのが目的で、腰を据《す》えて住むための家ではなかった。必要最低限の設備があればいい。家というより、簡易宿泊施設のようだった。山側には窓がひとつもなかったが、その代わりに海側には壁がなかった。壁全面が、ガラスの引き戸だったからだ。マッチ箱のような家に入ると、ガラス戸の枠いっぱいの海と空が出迎えた。家賃は、海と空に払うようなものだった。

数日後にはもうミラノの家を閉めて、海へ引っ越した。週末や夏だけの居場所ではなく、定住することにした。それまでずっと家主自身が使っていたので、家具や家電、食器など、生活に必要な物はそろっていた。身軽な移住だった。

二階建てで各階に三軒ずつが入った小規模の集合住宅で、私が借りた家以外はすべてオーナーが使っていた。彼らは夏の到来とともに来て滞在したが、八月に入ると別のバカンス地へと発《た》ち、そのまま都会の自宅へ帰る。小さな海の町なので、ふた夏も続けて過ごせば見尽くしてしまう。「海とオリーブしかないから、もう飽きた」と、雨戸が閉め切ったままになっている家もあった。いよいよ夏が終わると、私を残して誰もいなくなった。文字通り、独り暮らしだった。

片側がすべてガラス張りの家で暮らしていると、外にいるのか中なのかがわからなくなり、そのうち境目などどうでもよくなった。ガラス戸の外にはテラスがあり家よりも広く、軽く三百平米はあっただろう。家の床と段差のない地続きだったので、ガラス戸の向こうに室内の余白が付いているように感じた。それほど広いのに、日除《ひよ》けの屋根もなければ、生垣も塀も何もなかった。かろうじて一角にレンガを積んで作った小さな窯があった。でも煙突は煤《すす》けておらず、使った跡のないグリルは銀色のままだった。バーベキューかピッツァでも焼くつもりだったのだろうか。窯のそばに水道栓があったが、水漏れを防ぐためなのか、蛇口ハンドルは外してあった。

望み通りにならなかったらしい家主の時間が、そこで止まっていた。

暦では秋になってもリグリアの海は和やかで、まだ十分に海水浴が楽しめる。ひと夏かかって温まった海は柔らかく、泳ぐと、秋の浜風で少し冷えた身体をやさしく包んでくれる。

「うちは、クリスマスも浜にテーブルを出しますよ。ぜひ半袖にサングラスでいらしてください！」

浜と食堂の間を忙しく往復しながら、店主が声をかけた。あの日の夕食以来、朝に夕に店に通っている。海岸沿いには何軒か食堂が並んでいて、どの店も一年じゅう開いている。地元の人々の暮らしの拠点だからだ。通りから店に入り、「エスプレッソひとつ。外の席で飲みます」。通り抜けると、海に出る。一杯のコーヒーやビールを注文するのは、スクラムを組んだように並んで風と砂をさえぎり港を守っている店への礼代わりだ。早朝にひと泳ぎしてから、外のテーブルでコーヒー、新聞を日課としている人もいる。顔見知りだろうが、誰も連《つる》まない。リグリア人は頑《かたく》なだ。海を見守る山の民なのだ。各人に定席があり、思い思いにくつろいでいる。いつどこに陽が差すのかを知っていて、椅子を浜に持ち出し日光浴を楽しんでいる。ほとんどが壮年だ。ちりめん皺《じわ》の二の腕や乾いた胸、目尻や首の皺の奥まで沁み込んだ日灼《ひや》けは、夏の名残りだけではないだろう。食堂の横には店ごとに、赤や白、ストライプで塗り分けした数十戸のボックスが並んでいる。大人二人が入れるかどうかの広さで、シーズン通しで貸し出され、着替えや砂遊び道具やビーチパラソル、予備のサングラスや帽子の保管場所として利用される。一年じゅう浜にいる地元の連中は、釣《つ》り竿《ざお》にバケツ、クーラーボックス、山道を歩く靴やヤッケなど、日常生活の道具を置いている。

「丸ごと唐揚げで頼む」

すり切りに入れた雑魚《ざこ》をバケツごと食堂の店主に渡しながら、注文する客がいる。

「どうだ、これ！」

別の常連は、優に二キロはありそうなタコをうれしそうにつかみ上げて見せる。

「茹《ゆ》でてぶつ切りにして、うちのサラダと混ぜましょうかね」
頻繁に食堂へ寄るうちに顔なじみが何人かできた。ただし私は、水泳や釣りのために海へ通っていたわけではなかった。毎朝、様子伺いに行く相手が港で待っていたからだった。

その家に住み始めてまもなく、偶然が重なって、ある木造船を引き受けることになった。引き取り手のないまま、隣町の湾で長いあいだ錨留《びょうりゅう》されていた古い船だった。私は船について何の知識もなかったが、その船がリグリア海に古くから伝わる船型であり、「このまま放っておいたら朽ちてしまう」と、知り合いの船大工が残念がるのを聞いて、救えるのならばと手を挙げたのだった。〈ミラノで車に乗るのなら、リグリアでは船に乗ればいい〉とか、〈傷んでいて海に出るのが無理なら、港に留めて仕事場代わりに使えばいい。家船《えぶね》のイタリア版だ〉など、軽く考えたからだった。

船を引き取る段になって、自分の無謀さを悔やんだ。手漕《てこ》ぎボートとはわけが違う。いったん陸《おか》に引き上げられたその船はとてつもなく大きく、丸みのある船体はまるで浜に打ち上げられたクジラだった。船舶免許など、私はもちろん持っているはずもない。第一、砂浜に置かれた船の中へどのように乗り込めばいいのかすらわからなかった。五メートル以上ある船の縁を見上げながら、進水を前にすでに座礁してしまったのである。

船大工に修理を任せ、まず自分が住む町までどのようにして運ぶのか、手段を考えなければならなかった。海は広いが、好き勝手に陸付けはできない。車を停めるのと同様、港や桟橋の決められた位置での碇泊《ていはく》許可と使用料金が必要だ。長い海岸線を持つリグリア州だ。船一隻分の場所など難なく見つかるだろう、とたかをくくっていたがそう簡単にはいかなかった。商業港には碇泊できない。漁港も難しい。利用できるのは観光用の港だが、数は限られている。近隣の大きな港には空きがなかった。人気があるのだ。小規模の港には、そもそも大型船のための場所が用意されていない。港という港を訪ねるうちに、碇泊場所を専門に扱う周旋業者が存在するのを知った。たいていの港の一角に事務所があるが、入っていってもろくに相手にされなかった。海は男の世界だ。ジェンダーうんぬんではなかった。生かしてやるか、生き残れるか。部外者の入る隙のない契りが海との間に交わされる。

私は身の程を知らない買い物をしたうえ、入れておくところすら見つけられない。途方に暮れていると、

「僕らに任せて」

豊富なヨット歴を持つ知人三人が手伝ってくれることになった。船大工から私が木造船を引き受けたことを聞いて仰天し、三人から申し出があったのである。

「私も加えてもらえませんでしょうか」

木造船の前で助《すけ》っ人《と》たちと算段を練っているところへ、ひとりの船乗りがやってきた。木造船は、技術を持つ船大工が絶えてしまったため、今後二度と造られることのない古式帆船だった。

「この船で沖に出ることは皆の憧れで、名誉なのです」

サルデーニャ島出身だというその船乗り、サルバトーレが、改めて懇願した。

彼らに船を託したその日のうちに、碇泊先はあっけなく決まった。それまで私が何度懇願に通っても、その都度にべもなく「満杯です」と返された、うちからほど近い港だった。


「明日の午後から天気が崩れます。大風《マエストラーレ》だ」

桟橋の突端に係留してある木造船に立ち寄ったあと、食堂でコーヒーを飲みながらぼんやりしていると、買い出し帰りのサルバトーレがやってきてそう告げた。

雲ひとつない晴天なのに？

カウンターでコーヒーを飲んだり新聞を広げたりしていた数人が、いっせいに彼を見た。

船乗りは猪首《いくび》を伸ばし姿勢を正してから皆に向かって、絶対です、と念を押すようにうなずいた。家庭の事情で小学校にも行けなかったサルバトーレは標準語もおぼつかないうえに、口に合っていない総入れ歯がカタカタ音を立てるのを恥ずかしがって、ほとんど物を言わない。その彼がわざわざ食堂までやってきて皆の前で言うのだから、深刻な非常事態である。カウンターにいた男たちは弾かれたように立ち上がり、勘定を済ませて足早に店を出ていく。日がな一日、浜で時間潰しをしているようで、それぞれに海と繋がりを持っている。漁師だったり、貸しボート屋、船舶の清掃業者だったり。四方八方に皆が去っていってまもなく、港の背後の山がザワザワと音を立て始めた。オリーブの木々が揺れている。あっという間に風が立ち、沖合に白い波の〈耳〉が次々と飛んだかと思うと、鈍色《にびいろ》に変わっていく海から大きく波が巻いては重なり、浜に向かってくる。

海は、風だ。船は、風を集めて海を行く。港にいる男たちは、いつも風を待っている。風信器など見ない。耳と肌で到来を聴く。北西からのこの風は、海と男たちとの力比べだ。陸では看板や軒先の日除け、椅子やテーブルを片づけ、海では船の係留綱の結びを変え、帆用のロープをマストに留め押さえ、小型船を陸へ引き上げる。地元の海の男たちが他所者のサルバトーレの警告に従ったのは、彼のロープさばきがただごとではないからだった。厳しい天候のせいで多くの船の係留綱がほどけて沖へ流されたり杭《くい》や桟橋にぶつかって損傷する中で、唯一うちの木造船は隣の船に擦《かす》りすらしなかった。サルバトーレが繋いだ綱のおかげだった。留められた場所から動かず、大きく丸い船体に波をかぶりながら低く軋《きし》んで風が止《や》むのを待つ姿は、怯《おび》えて右往左往するまわりの船を落ち着かせようとしているように見えた。風が吹くと、船主としての力量が知れる。海からの査定だ。

「風が吹く間、付き添ってやってもよろしいでしょうか」

この風が通り過ぎると木造船を陸に上げて、ニスの塗り替えをはじめとする修繕を始めることになっている。船は長い休憩に入り、船乗りの出番はなくなる。陸に上がった河童《かっぱ》、だ。サルバトーレは「どうしても」と言い張り、大荒れの夜、港に残って船を守ることになった。

大風が鎮まるのを私は家で待った。海は家の大きなガラス戸の端から端を駆け上っては落ち、暴れる。ゴウゴウと低く唸《うな》る風と波の合間に、シンバルを重ねるようにオリーブの木々が二つ折りになって震えている。このあたりは暖かいので、オリーブの中には二期作のものもある。早咲きの木は、もう実を付け始めていたのではないか。風は冷たく容赦ない。怒る海を木々が細い枝を震わせながら、必死で取り囲んでいる。雨風に打たれて、リグリアの緑は黒々と沈んでいる。天が荒れて光が失《う》せ、夜の海は漆黒だ。家とテラスの境も、水平線が消えた空と海も、オリーブも松もコショウ樹も、大風の中でひとつにまとまって耐えている。

「サルバトーレが残ってくれるのなら」

嵐の二晩、港の皆は安眠した。二昼夜にわたる暴風雨だったが、今朝、港に会いに行ってみると、木造船は何事もなかったようにゆったり揺れていた。

サルバトーレは浮かない顔をしていた。船乗りは陸に上がれば、息を止めたも同然だ。島の家族と住んだ時間よりも、船で暮らしてきたほうが長いのだ。暇《ひま》を出されても、居心地の良い戻る先がないのかもしれない。木造船の係留先探しに苦労したことを思い出す。どの港からも断られ、つかまる杭のない海原に漂い続けるような、莫《ばく》とした不安が戻る。

えっ⁉

私がテーブルに差し出した物を見て、向かいに座ったサルバトーレは目をむいたまま黙っている。薄青の目にオリーブの葉が映り込む。助っ人たちといっしょにサルバトーレは、離れた港から木造船をここへ運び、根気よく手入れを続け、沖に出ては帆を試し、船からひとときも目を離さず嵐からも守ってくれた。「この船で寝泊まりさせてもらえるなら」と、サルバトーレはその他の条件をいっさい断って乗船した。けれども、さすがにそういうわけにはいかない。礼をしたかった。

この二階の家は、ずっと雨戸が閉めっ放しになっている。持ち主は代わり映えしない夏と顔ぶれの繰り返しに飽きてしまった、と、うちの大家から聞いていた。

晴れると、二階の窓からはコルシカ島が見えるらしい。海を見張る塔のような家なのだ。

「住んで籠ってみろよ。ナポレオンの気分が味わえるぞ」

船大工が笑う。

「お前の定位置と同じじゃないか」

助っ人が手をかざして海を見ながら言う。甲板長と雑用係を一手に引き受けているサルバトーレが待機する場所は、船首である。誰よりも前に立ち、海に立つ風を見て、星を読む。二階の家は東の端にある。角部屋からは、海が一望できるだろう。

押し黙っているサルバトーレの前にもう一度、私は緑と白と赤、イタリアの国旗色をしたフローティングキーホルダーを押し出した。イタリアの国旗は、ナポレオンがイタリア王国を征服した際、フランス国旗の青を緑に替えて作ったのだという。

〈自由《青》〉の代わりにイタリアが得たのは〈生き抜く力《緑》〉、だったのか。

テラスの下方で海を縁取って、オリーブの木々が擦《す》れ合う音が聞こえてくる。

［灰］

老いた船乗りと猫

犬のおかげで、規則正しい生活を送っている。どこへ行くにも犬を連れて、この十数年を送ってきた。ヴェネツィアも例外ではなく、冠水が来たら抱き上げ季節風が吹けばウィンドブレイカーの胸元に包み込んで、出かける。夜がまだ明けない冬の朝や、膝《ひざ》まで積もった雪の中、路面からの照り返し、深夜のどしゃ降り、高熱が出てもぎっくり腰でも、犬は待ってくれない。乞われたら、外へ連れていく。

うちの犬は、黒っぽくてかさ高いものや強い匂い、甲高い物音、その正体が明らかでない相手に出会うと、あごを上げ歯をむき出して挑みかかるように吠《ほ》え続ける。それはたとえば、とても大柄な人だったり、黒いマントや威圧感のある制服姿、くるぶしまで届く毛皮のコート、あるいは両手に提げた荷物、夏のホームレスや劇場入り口に漂う香水、走り抜けていくサイレン、裏道に響く罵り合い、ビール瓶の割れる音、ブルカから覗く瞳、大きなツバ付きの帽子、顔半分を覆う髭《ひげ》、目元の見えない濃いサングラスといったものだ。しかしそれ以外には反応しないかというとそうでもなく、高級な香水にも激しく歯向かうし、同じように体格のよい二人を前にしても一方には吠えかかるのにもうひとりには無反応だったりする。誰もいない公園で立ち木を見上げ、揺れる梢《こずえ》に向かって遠吠えをし続けることもある。私にはわからないものを犬は察するのか。あるいは、自覚していない私の感情を代弁するのだろうか。犬連れだと不便なこともあるけれど、犬がいて初めて知る世界にも出会うことができる。羅針盤かリトマス試験紙のようだ。未踏の場所や初対面の人、三叉路《さんさろ》を前にするとき、まず犬を見る。

今朝も散歩から戻り、つけっ放しのラジオを横に新聞や雑誌に目を通してから携帯電話でメッセージをやり取りし、コーヒーを淹《い》れに何度か台所へ立ち、空腹で中断した。とうに昼時を過ぎている。たいした買い置きのない水屋《みずや》を覗き込んでいると、足元で犬が鼻を鳴らして私を見上げた。出ようか。

玄関前からすぐに路地だ。両側を建物に挟まれて、大人が二人横並びで歩くのがやっとの狭さである。ヴェネツィアの小さな島に住んでいる。運河を挟んで対岸に本島のサン・マルコ寺院や時計台が見える。運河はかなりの幅で、対岸まで五百メートル余りのところもある。その岸壁に沿って歩く。昨日までは南からの熱風で半袖でも汗ばむほどだったのに、今日は一変して時化《しけ》、雨が降り肌寒い。風がある中、霧を吹きつけられるようで傘は役に立たず、船員仕様の防水ジャンパーを着て出てきた。

もう春は終わったがまだ夏本番でもないこの時期は、天候が目まぐるしく変わる。林立する建物のあいだを路地が蛇行《だこう》するヴェネツィア本島には、広い空がない。屋根と屋根のあいだに見える空の切れ端が、路地の上にたなびいている。ところがこの島からは、映画祭が行われるリド島を東に、西にある大陸の臨海工業地帯までを一望できる。運河はリド島の向こう側で外海と繋がっていて、勢いのある潮流と遠い異国の匂いを運んでくる。

岸壁伝いに歩いていると、ヴェネツィアが東方との発着港だったことを思い出す。どんなに天気が悪くてもここに立つと、さあ帆を上げよう、と身が引き締まると同時に、やっと帰ってきた、と息を吐く。

犬は、ついさっき歩いたばかりの道を嫌がらずに復習《さら》い、運河からの波飛沫《なみしぶき》でできた水溜まりごとにマーキングをしている。つくづく思うに犬は陸の生き物なのだ。

水上バスの停留所へ向かう途中に、小さな食堂がある。一枚扉の入り口を入るとすぐ、カウンターが続く。カウンターといっても、三人も立てばいっぱいになる。奥には、四人がけのテーブルが五、六卓ほど置かれたスペースがある。満席だったがどのテーブルにも、煮汁やエビの尾だけが残った皿や食後酒の瓶が並んでいる。このあとに、デザートやコーヒーか……。テーブルが空くにはまだしばらくかかりそうなので、パニーニを持ち帰ることにしてカウンターへ戻った。

「あいにく〈本日の料理〉は出尽くしてしまったのだけれど……」

忙しげに伝票を切りながら店主が、それでもOK？　というふうに目で訊《き》いた。もちろん、とうなずき返すと、

「では、こちらへ」

店主について奥へ進むと、厨房《ちゅうぼう》に隣接したドアが外されて、その先に廊下のような空間があった。一人がけの小さなテーブルが二つ、縦に並べて置いてある。元はパントリーだったのだろう。両脇の壁には窓がなく、路地のようだ。椅子を引ける隙間の他には、給仕がかろうじて通れるかという小室《しょうしつ》である。幸い店は運河に面して建っているので、正面は一面がガラスの引き戸になっていて閉じ込められる感じはない。天気がよいとガラス戸を開け放ち、テラス席のように運河を前に食事を楽しめるので人気があるらしい。店の前を通りかかってそこでくつろぐ客を見ると、ブティックのショーウインドーを連想していた。その特等席に、今日は自分が座るのだ。

あいにくの天気で、ガラス戸の向こうは灰色だ。空は重く、運河は冷たい雨と風にさざなみを立てている。朝のコーヒーや休憩を兼ねた昼食、地元の日刊紙を読んだり水上バスを降りて帰宅途中にアペリティフで寄ったりするなど、日によっては一日に何度もこの店へ行く。特等席に通されたのは、食事時《どき》を過ぎた平日であり、空も運河も冴《さ》えない灰色だ

し、〈本日の料理〉も完売していたからだと思う。それでもうれしかった。お気に入りの監督の新作映画の試写会に呼ばれたような気がした。

そしてなにより〈料理は出尽くしてしまったのだけれど〉と店主が小声で言うときは、秘密の合図だからだった。運ばれてくるまで何が出てくるのかわからない。値段も不明。確かなのは、速くておいしいということ。賄《まかな》い料理。

客が引き上げていくのを見やりながら料理頭《がしら》は、魚の粗や出汁《だし》用の雑魚にアミをボウルに移して並べ、多めに仕入れてある朝摘みの旬野菜をザクザクと切って馴《な》れた手で大きなフライパンに放り込み、迷わず牛乳を上からひと回し加える。強火のままおき、素早くコンロ横の棚に並ぶガラス瓶へ手を突っ込んでは、いろいろな色の粉をフライパンに振り入れていく。秤《はかり》も匙《さじ》も使わない。その都度ウワァンと強烈な、嗅いだことのない匂いが湯気とともに上がる。ここは、ヴェネツィアなのだ。中世からずっと、異国の味の玄関役を担ってきた。料理頭は分厚い胸を張って立ち、長くたくましい腕でフライパンを揺らし、炒《い》り上げる。ほらよ、と一気に大皿へ空けた。四、五人分はあるだろう。彼が皿を見てあごをしゃくると、間髪を入れず若い店員が飛び出してきて皿を持ち上げた。数人で、客が立った三卓をあっというまに繋げてできた大テーブルに再生紙でできたテーブルクロスを勢いよく広げ、真ん中に山盛りの皿をどんと置いた。

店主はそこから一人前を手早く取り分け、私のところへ運んできてくれた。いつの間に和《あ》えたのか、熱々の具にスパゲッティが絡めてある。向こうに座る店員たちと目を合わせて、〈いただきます〉を交わし合う。手の空いた店員から順々にテーブルに着いては、大皿の山を切り崩す。厨房からはもう次の大皿が運ばれてくる。どれも同じ食材なのに、皿の中はそれぞれの味わいだ。同じ親から生まれても、兄弟姉妹で性格も見た目も異なるようなものか。

店員の多くは若い男性だ。パートタイムで働きながら、海へ出る番が回ってくるのを待機している。皆、海で運搬業に携わっている。運ぶのは、人だったり魚だったり貨物だったり。朝昼晩の交替制で給仕の顔ぶれは変わり、店はいつも活《い》き活きしている。水上バスで対岸へ渡る人、こちら側へ着く人を毎日、店は拾う。日々変わらない往来を繰り返すのは退屈なように思えるが、平穏である証だ。天と海の模様を観《み》る人たちがいて、暮らしの基本が守られている。

長居する客は少ない。若い店員たちは各時間帯に合ったリズムで、コーヒーやパニーニ、食前酒を給仕する。サン・マルコ広場やリアルト橋、サンタ・ルチア駅のような名所周辺の店と違って、観光客の流れからは外れた場所にある。毎日の客は、干潟に暮らしの関わりがある人たちだ。仕事に行く前や帰宅前にこの店へ寄るのは、コーヒーやスプリッツ《食前酒》だけが目当てというわけでもないだろう。

岸壁沿いには、数軒の食堂やバールがある。周囲が十キロメートルにも満たない島なので、定住者もときおり訪れる別宅族も、互いに顔は知っている。さらに、岸壁沿いの道は一本道だ。どんなできごとも一直線に伝わっていく。船なしに干潟からは外界へは出られない。外に出ても、内にいるような。誰がいつ何をしていたのかは、白日と衆目のもとにさらされている。そういう干潟で、店を営むには客あしらいにもコツが要るだろう。利用するほうも気を遣う。店ごとに集まる人の傾向があり、会員制クラブのような寄り合いのような空気がある。この食堂にもなじみの客は多い。客どうしも顔見知りだ。でも、もし客がひとりで食事に来たのなら、混んでいても知り合いどうしでも、やはりひとりで来ている他の客と同席するように店から頼んだりはしない。ひとりは、独り。ヴェネツィアは、船乗りの居場所なのだ。海で働くということは、自分の孤独と向き合うことだ。

特等席に座る。今日はツイている。〈獲れたての甘エビがあります!!〉と、表の黒板に書いてあった。活きがよいうちに生食で出すような食材は、昼を越さない。頭も尾も取らず殻《から》もむかずに丸ごと炒めた甘エビがふんだんに入っている。一尾ずつかみ砕いてすすろうか。上からフォークで押し潰そうか。

「そんなもの、出がらしなのだから食べなくてもいいですよ。うま味は煮汁に出尽くしていますからね」

突然、背後から声がした。いつの間にか、もうひとりの特別客が通されている。小室には私たちしかいないのに、背中を向けたままで食べるのも居心地が悪い。うしろのテーブルを見られるように私は座る場所を変えて、声の主に会釈した。その途端、足元の犬が前のめりになって吠え始めた。

なんとも大きな人だった。テーブルから身体がはみ出している。高齢の男性で、胸や腹の肉が溶けた餅のように両脇に垂れている。黒いハイネックセーターの上にサスペンダーが見える。犬の失礼を謝る私に、いいからいいから、と手で制しながら甘エビを煮汁から持ち上げて、

「やってもいいですか？」

と、訊いた。犬はそれを見ると、飛び上がってさらに激しく吠える。見知らぬ大きな人から、いきなり鼻先に濃い潮の香を放つ甘エビを突き出され、面食らったのだろう。

ありがとうございます。でも残念ながらこの犬、魚が苦手でして……。

気を悪くしていないか、怒鳴られるのではないか、老人の弛《たる》んだ瞼《まぶた》の奥の目をうかがいつつ言ってみる。老いて白濁しているのか元からそうなのか、灰色の瞳はこちらを向いて

はいるものの焦点がわからない。空洞を覗くようだ。

「さあさあ、冷めないうちに！」

気まずい空気になりそうなそのとき、店主が身体を斜めにして入ってきて、テーブルの斜めうしろからワイングラスを置いていく。「これはロゼで。料理頭からの奢《おご》りです」。

ガラス戸の中の灰色の運河を背にして、トマト色に染まったスパゲッティが映える。魚介類に乳製品を合わせるだなんて、と牛乳を加えた料理頭には目を疑ったが、ほおばってみて驚いた。甘エビの磯臭さがまろやかにまとまり、海と陸のどちらでもない寛大な味だ。そういえば近所の青果店の女主人は、ボンゴレだろうが白身の魚だろうがおかまいなしに、パルメザンチーズを卸し入れるのを思い出す。ひと口ごとに唸る。甘エビの殻を選《よ》り分けて小皿に出していると、

「もし、そちらが召し上がらないのなら」

ここへ頼む、と老人はブカブカのズボンのポケットからプラスチック容器を取り出した。

「相方の大好物でね」

相方……。大きな身体の老人の横に釣り合う老女を想像してみる。家で留守番なのだろうか。夕食は家で二人で食べるのか。それならそうと、「出がらしなど食べなくてもいい」と言ったついでに話してくれていれば、口を付ける前に取り分けておいたのに……。

残飯を知らない人にあげるだなんて、とためらっている私に、

「喰うのは、猫です。人間などとは住んでいません」

大きな腹を揺すって笑った。気が引けたまま、甘エビの残骸《ざんがい》を容器に移して渡すと、

「こちらにコーヒーを差し上げて」

老人が注文して、私は席を立つタイミングを逸《いっ》した。


「さて」

でっぷりとした腹を揺すって壁に椅子の背を回して座り直すと、今飼っている猫からさかのぼり、過去の十数匹の猫について話し始めた。現在いるのは一匹だけだがこれまではたいてい同時に数匹がいて、いや十数匹か、正確には何匹かよくわからないほどの数を世話してきたこと。老人の住む建物には共有の小さな中庭があり、そこから一階の老人宅へしょっちゅう野良猫が入ってくること。家のあちこちに置いてある餌《えさ》を気ままに食べ、プイとまた出ていってしまうなど。

「内も外も同じこと。こんなに小さな島なのだから、住人皆で飼っていると思えばいい」

二〇二〇年の一月末頃に、ヨーロッパイタリアで、新型コロナウイルスの感染拡大が始

まり、ひと月もすると北イタリアのベルガモでは連日千人以上の死亡者が出るほどの状況に追い込まれた。〈隔離〉(quarantena)の語源は、中世にペストが大流行した際、病原の入り口となったヴェネツィア共和国が構築した、水際の感染防止対策から来ている。もとは〈四十〉(quaranta)という意味で、ヴェネツィア本島に入港する前に、あらかじめ指定した島に船を留《とど》め、船員と貨物を隔離した。四十日間をその期間としたところに発している。今から千六百年前に干潟に出現して以降、ヴェネツィアは海運業で繁栄してきた。どこよりも未知の物や人、事象や情報は、ヴェネツィアから西洋世界へと流入してきた。国家の繁栄が個人の健康を基盤に成り立っていることを、身をもって知っていたからだ。

水と生きる術《すべ》を持ち、中でも重要なのが危険からの予防策と危機管理だった。

ヴェネツィア共和国は十三世紀から東方の異国と往来する船団に、必ず猫の同乗を義務づけていたという。積載する荷をネズミから守るためだった。正式な乗組員として人間と同等に扱われ、乗船名簿にも記載された。船の守護神として敬われ、猫の世話を専属にする者が選ばれて乗船した。

そして十四世紀後半、ヴェネツィアは未曽有のペスト流行に襲われる。ネズミを介して疫病が感染拡大するとされていたため、共和国総督は徹底的に猫種の調査をかけて、パレスチナとシリアに棲息《せいそく》する、攻撃的な性質の猫種であるトラ猫を輸入し、本島に放った。

生活汚水はそのまま運河へ流される。運河から家屋へ、そして陸へと結ぶ排水道にネズミがあふれるヴェネツィアでは、猫は感染拡大を抑えるための国策だったのである。

以来どの時代にも、猫はヴェネツィアの魔除《まよ》けとなった。現在でも、野良猫も健康で最良の環境で暮らせるように、常に市と保護団体が世話を続けている。


老人は胸元まで吊り上げたズボンのポケットから、今度は二つ折りの財布を取り出して広げる。身分証明書などのためのポケットに白黒の写真が入っている。ぜい肉《にく》のない大柄な中年男性が、両手を腰にあて仁王立ちだ。港に降りたところなのか。足元に係留杭が見える。写真は古くて黄ばんでいるうえ縒《よ》れていて、背景がどこなのかも人物の表情もよくわからない。でも、若かった頃の老人に違いない。写真の中で、胸の分厚い男盛りの船乗りが丸首のシャツの上に作業用のオーバーオールを着て、黒い水兵帽を少し斜めに被っている。今、老人の腹が垂れている横の椅子の上に、灰色に色褪《いろあ》せてあちこちが破れ型崩れした、写真と同じような水兵帽が置いてある。

「ヴェネツィア本島で生まれて、小学校を出てすぐ船乗りになりましてね……」

うちの犬が吠え立てたことへの申し訳なさもあり、老人の猫の話をじっと聞いた。それを、自分の話に興味があるらしい、と思い込んだのか。猫から船へ、船から港へ、港から女性へと話が流れ着いた頃には、二時間をとうに回っていた。後片づけにかかりたい店主がときどきやってきては、「そろそろ雨だな」と独り言《ご》ちてみたり、「カウンターにご友人が来ていますよ」と声をかけたりするのだが、老人は少しも気にしない。

「引退するまでずっと、大型貨物船に乗っていました」

妻がいた。ドイツからヴェネツィアに観光で訪れていたときに、知りあった。

「二人ともとても若かった。私は、少しでも実入りがいい仕事を、と遠洋の航路を選んでいました」

最初の乗船でヴェネツィアを出航したとき、妻のイタリア語はまだカタコトだったが、三ヵ月の航海から戻ってみると、土産物店で働くのに不便のないほどに上達していた。次の帰港では新妻は大きなお腹で夫に抱き付き、スエズ運河で通過を待っているところへ〈ムスコ、ウマレタ!〉という電報を受け取った。「洗礼式に間に合うように!」大喜びでヴェネツィアへ帰ってきてみると、家はもぬけの殻だった。

「陸《おか》の野郎にね」

中庭を通り抜け、隙間から家へ入り、気ままに餌を食べ、またプイと出ていく。

〈内も外も同じこと。こんなに小さな島なのだから、住人皆で飼っていると思えばいい〉

なのか。

それにしても、不思議な昼食だった。灰色に沈む運河を見ながら、したたかな猫と濁水の中を逃げるネズミを想像しながら延々と聞いた老人の独白が、まだ耳に残っている。『アタラント号』という映画が好きなのだ、と何度も言った。一九三〇年代に作られたフランス映画で、セーヌ川の河口を往来するアタラント号という船の話である。モノクロ映画で、たいしたストーリーはない。若い船長と新妻、そして老いた水夫と見習いの単調な、そして息が詰まる船上での生活が描かれている。「何匹もの猫を船で飼う老水夫に自分は似ている」と、老人はうれしそうに繰り返した。

彼の思い出話には、その映画と同様、船と港と女の他は何も出てこなかった。単調で退屈な無彩色《はいいろ》の時間の積み重なりを聞くような印象だった。どこまでが真実なのかは、わからない。嘘《うそ》でも本当でも、私にはどちらでもよかった。灰色の老いた目が、妙に据わっていた。彼は陸酔《おかよ》いをしている、と思った。

どんなに大型の貨物船でも、空間は限られている。広い海でのびのびした毎日のようで、船上生活は逼塞《ひっそく》している。動く孤島だ。老人が働いていた時代には、女性の乗組員はいなかっただろう。何ヵ月にもわたって、大勢の働き盛りの男ばかり乗せて船は行く。阿吽の仲間意識が生まれるのか。あるいは、人間関係に詰まって衝突するのか。楽しいことばかりではないだろう。昔、遠洋漁業船の船長から、なかなか明けない航海中の夜の話を聞いたことがある。

「朝になって点呼すると一人足りない、ということはよくあることです」

すると船はその場でいったん留まって舳先を大きく切り、船腹で海の一部を抱くように円を描く。別れの挨拶だ。

船乗りは、船から降りると居心地が悪い。波頭や星から離れると、方向感覚を失う。妻と子どもに去られたあとも老人が遠洋の航路に乗り続けたのは、陸に降りると迷うからではなかったか。

［黄］

ゴージャスな人

二〇二一年初夏の朝、パソコンの画面を前にいろいろ考えている。この数ヵ月、イタリアの保健省からの通達が頻繁に更新されるのを追っている。刻々と更新される、新型コロナウイルス感染拡大の状況を伝えるページがある。二〇二〇年の暮れあたりまでは、新規感染者やPCR検査、重症化した患者や犠牲者、病院の集中治療室の使用率について淡々と数字が報告されていたが、この数ヵ月、その内容が変わってきている。〈赤、オレンジ、黄ゾーンについて〉と題された下には、イタリア全土の地図が貼りつけられている。二十の自治体がこの三色で塗り分けされて、各地の感染拡大の危険度を警告しているのだ。赤が最も危険な地域を表し、外出禁止をはじめとする厳しい規制が敷かれる。色の濃度が薄くなるに従って、規制も段階を追って緩和されていく。

コロナ三原色……。

密《ひそ》かに名付けて、再び地図を見る。いくらわかりやすく注意喚起を促すとはいえ、明るくて元気が湧いてくるこの三色をなぜ疫病と絡めたのだろう。太陽の色でしょう? 見るだけで華やかな気持ちになるはずの色が、イタリア全土を覆って不安をあおる。自力では抗《あらが》えない現状を受け入れざるを得ず、居たままさらに窮地に追い込まれる。地図の下には、色ごとに規制事項と営業が許可される業種が一覧になっている。色が変わると、外出が許される時間帯も変わる。移動できる地域も変わる。許可が下りる移動理由も変わる。イタリアの人たちは、この外出規制を〈戒厳令〉と呼んでいる。戦時下のような張り詰めた空気が広がるなか、もういい加減にして、というやるせない皆の気持ちを抱えて夜の町は静まり返る。

各地の感染拡大の状況に応じてコロナ三原色は頻繁に入れ替わるため、今日はどこでどのような行動ができるのか、都度確認しなければならない。規則違反を犯せば、数万円単位の罰金が科される。夜間は特に監視が厳しい。数人の警官が連れ立って巡回し、時間外に外出している者を片っ端から取り締まる。通り二本向こうに住んでいる母親の家で夕食を食べ、うっかり帰路につくのが十分ほど遅れて外出禁止の時間帯になってしまった。「目の前の自宅に戻るだけなのだ。十分くらいかまわないだろう」。そういうときに限って、巡回中の警官に出くわす。有無を言わさず即、調書。「罰金四百ユーロを命ず（二〇二一年二月時点。約五万二千円）」。……。

小さな町では道も限られているので夜中の人出も一目瞭然だが、都市には道も多い。全部の通りを監視するのは難しい。警官の巡回コースは、主要な通りに限られる。赤とオレンジ、黄色に照らし出されない抜け道情報を、住人たちは口伝《くちづて》にやりとりしている。

赤の段階はそれでもまだ皆に危機感があり、一年前の悲惨な状況やその後の規制緩和による揺り戻しを反省して粛々と規則も守るのだが、オレンジに変わると「これまで自分たちはよくがんばってきた。そろそろ許されてもいいだろう」、そして黄色ともなると「本当はもうだいじょうぶなのだけれど、これは念のための用心の期間」と、一気に気構えが緩み始める。同じ場所で足踏みをして待つような。焦《じ》れに焦れて、椅子から腰を浮かすような。

ちなみに、〈ＯＫ〉レベルの色は白である。清く純白をまとったイタリア半島が、やっと六月末には戻ってきた。〈花嫁〉のように。

夏が始まると、必ず思い出すことがある。

その日も七月に入ったばかりなのにすでに真夏の日差しで、真っ白の太陽が路面に照り付けていた。サングラスなしでは目がチカチカする。「光は白だ！」と、言った古の哲学者を思い出す。アリストテレス。色彩論を説いた彼は、白の隣に黄色を配列した。光に最も近い黄色は自分も華やかで活き活きとしつつ、白をいっそう白く盛り立てる。味方につけたい色だ。

色のことを考えながら車を走らせていると、少し先に信号が見えてきた。数台前で黄色に変わった。ギアを落としかけていると、すでに横断歩道に差しかかっていた先頭の車がそのまま加速して、横断歩道を越え爆走していった。

黄色の解釈は難しい。強行突破すると交通違反だが、きっちり守って急停車すると後続車を追突させてしまう場合もある。伸《の》るか反るか。アリストテレスが考証した通り白と黒の境目にあって、黄色はその後を分ける色なのかもしれない。

今日は、本格的なバカンスが始まる前に湖畔へ行くところだ。ミラノから高速道路を走りノヴァーラで下りて国道を少し北上すると、オルタ湖へ出る。このあたりから東側に広域にわたって、山々の中にマッジョーレ湖、ヴァレーゼ湖、ルガノ湖、コモ湖にガルダ湖などいくつもの湖が並ぶ。高速道路の標識に〈湖方面〉と出るほどだ。

ミラノから南下して海へ出るか、北上して湖畔へ向かうか。どちらも距離的にはほとんど変わらない。ミラノの人たちは余暇の行き先を使い分けている。いくら穏やかな海とはいえ、地中海にも波は立つ。落ち着いた時間を静かに過ごしたいのに、波の動きや音で心が騒《ざわ》つくかもしれない。同じ水際でも湖は、こちらに寄せてはこないし遠くへ去ってもいかない。「それでは海ではなく湖の方に行こうか」、となる人もいるだろう。湖派には概して、年配者や心身が疲れている人が多いのではないか。湖は、そっとしておいて欲しい人を呼ぶのかもしれない。

「八月は親戚が来るので、今のうちに遊びに来ないか」

ニコラに誘われたのだった。ミラノの大手出版社で知り合った仕事仲間だ。ナポリ出身の四十代半ばで、地方紙を皮切りに週刊誌や専門誌の編集部、文芸書、出版関連のイベント企画に広報、と多くの部署を回ってきている。写真スクープ誌の売り上げを伸ばしていたかと思うと、次には古典の詩集の復刻版を編んでいたりする。あちこちで引っ張りだこなのだ。どこへ配属になっても結果を出すのでますます人気で、業界ではよく知られている。南部のアクセントが残る柔らかな調子で話す。仕事の本題に雑情報が混じり、どちらも面白く、うかうかしていると彼のことばの樹海の中で迷ってしまう。分野にとらわれない豊富な話題で、コーヒー休憩の立ち話でも彼の周りには人が集まる。新人の中には、熱心にメモを取る者まで出る始末だ。なで肩で、胸は薄い。黒い髪は細い癖っ毛で、年に一度カットするかどうかなのだろう。ふくらんで、大きなボールのような頭になっている。小柄で周りに人が取り囲んでいても、癖っ毛のボールのおかげでその居場所はすぐにわかる。服装は今ひとつだ。それなりの考えがあってなのだろう。いつもフィフティーズ・ファッションなのだが、彼が着るとただ時代遅れの中年男になっている。それでも彼の周りには、いつも最先端の女性たちがいる。『ヴォーグ・イタリア』や『グラツィア』などハイファッション誌の撮影に来た、頭ひとつ背の高い女性を両脇に伴って廊下を歩いている。仕事上のつき合いなのかと思うと、社内のカフェラウンジ奥で熱く抱き合っていたりする。同僚たちは驚いたり悔しがったりするが、ここはミラノだ。ウディ・アレン監督がインテリ女性たちに圧倒的な人気の町なのだ。

今回の連れはどういう人だろう。

ニコラと出かけるのは楽しいが、頻繁に入れ替わる相手の女性に自分がうまく合わせられるかが気にかかる。なぜなら旬のモデルであればかなり年若の北欧系外国人だし、頭から爪先まで黒尽くしのピンヒールタイプは、頭と口の回転が速い彼の上司や評論家だったりするからだ。それでも同年配ならまだいいけれど、このあいだの女性などは、てっきりナポリから訪ねてきたニコラの母親だろうと勘違いした。年齢も国も体型も、彼の恋愛に境界線はない。いずれにせよ、話を合わせるのはひと苦労だ。結局どういう連れとどこへ行っても、必ずニコラの独演会になる。冴えないのに、彼はいつも主役だ。

高速の出口の車寄せで落ち合って、そこからは彼の車について走る約束だ。初夏らしい快晴だ。これならきっと、ニコラはカブリオレでやってくるに違いない。「自動車雑誌の特集で、試乗しなければならない」と、しょっちゅう言っている。でもどれだけしゃれた車でも、運転席に癖っ毛でまん丸の頭が乗るのを想像すると、つい笑ってしまう。

さて、黒い〈バルケッタ〉《小舟》だった。低くてコンパクトな車体には幌《ほろ》が引き上げられていて、窓からニコラが頭を出さなければ誰が乗っているのかわからなかっただろう。一人で往路を飛ばし、二人になって戻る。そういう狩人《かりゅうど》の馬のような車種だ。

ニコラと連れは車からは降りてこず、窓から伸びた腕の〈ついて来いよ！〉にエンジンをかけた。両側から緑が覆い被さる道を走る。ハンドルを握る手が緑色に染まる。ミラノからの高速道路はそれなりに混んでいたのに、国道に下りてからは対向車線にも車は走っていない。郊外に出ると道の傷みがひどいところも多く、穴やひび割れにタイヤを取られることもある。ところがこの一車線の道は整備が行き届きゴミもなく、爽快に走れる。国有林かと思った周辺の緑は、私有林だったり個人宅の庭の木々だと知る。小さな村をあっという間に通り抜けると、道沿いや少し奥まったところに家屋が点在している。凝った別荘建築ではなく、一戸建ても集合住宅も簡素だが安定した印象の箱型の建物だ。どこの外壁も塗装したてのように明るい。ミラノからこれだけ至近なのに、都会の喧騒《けんそう》や忙《せわ》しなさとは無縁だ。車窓の中には、ミラノはミラノ、うちはうち、という粛然とした景色が広がっている。歴史的な建造物を見たわけでもなく、むしろ特筆すべきものはない風景なのに、次元の異なる厳かな領域へ紛れ込んだように感じ、不意に背筋が伸びる。
バルケッタのうしろについて、静粛な風景の中を走った。

ミラノを出たときは初夏の空だったのに、車を降りると秋口のような薄曇りになっていた。重い雲が肩まで下りてきたように感じる。目の前の二階建てがニコラの別荘らしい。建物を挟むように道はY字に分かれて、路上の標識に〈↑ 湖〉とある。薄茶色の玉砂利が敷き詰められた道が、緩やかな下り坂となって延びている。

ニコラの車の助手席のドアが開くと、そこだけ薄日が差したように見えた。低い車体だ。身体をふたつ折りにして乗っていたのではないかと思えるような同乗者は、助手席に座ったまま長くて細い足をそろえてから外へ出し、ゆっくりと降りて背を伸ばした。北欧の人らしい。薄地のワイドパンツは絹だろうか。クリーム色が柔らかく流れる。ボタンを三つ外したシャツブラウスもそろいの生地で、薄い身体を品よく包む。肩にかかった金髪はまばゆく、大きなツバのハットとブラウス、血管が透いて見えるうなじのあいだで揺れている。

「こんにちは」
周辺に広がる緑のような、みずみずしい声で挨拶された。男性だった。

予測はしていなかったが、意表も突かれなかった。むしろ取っておきのカードをニコラから見せられたようでうれしく、密かに興奮した。

「アレックス、だ」

くすんだフィフティーズのニコラが見たこともないような笑みを浮かべてそう呼び、彼の腰に優しく腕を回すのを見て、私は違和感を覚えるどころかむしろクラリとした。性別など、どうでもよいことだった。アレックスは超然としている。男性がどう女性がどう、と論じる必要など、この貴さを前に何の意味もない。

アレックスのシャツブラウスは、金髪の照り返しを受けていっそう白く光っている。

「長いこと、閉めきったままだったからな」

ニコラはどっしりした木製の玄関扉を開けて入り、淀《よど》んだ空気に顔をしかめながら早足で廊下を進む。左右に振り分けられた部屋へ入り、次々と雨戸と窓を開けていく。曇天の屋外からの弱い光が入ると、次第に家の中の様子が見えてくる。廊下は絨毯《じゅうたん》なしのフローリングで、〈ニシンの骨〉《ヘリンボーン》と呼ばれる板のはめ方になっている。中央に向かって両側から板を＜＜＜というふうに、斜めにはめ込むのだ。何代も継がれてきた家である。沁み込んだワックスが、濃い蜂蜜色になって底光りしている。

廊下と同様の色調の天井まで届く本棚やゴブラン織の一人がけの椅子、L字に並べられたソファ、楕円《だえん》形の低いテーブル、入れ子のような引き出しが美しいライティングデスク、深いブドウ色のビロードを鋲《びょう》打ちした足置き台など、懐古調の見本のような家具が居間や控えの間、客室、書斎にほどよく配置されている。よく見ると、どの家具も壁から少し離してある。リキュールの瓶が並ぶサイドボードの背後の壁をアレックスが長い人差し指でスッと触れ、

「汗ばんでる……」

ゆっくりと思わせぶりにニコラを見てつぶやく。

部屋ごとに模様の異なる壁紙が貼ってあるのだが、どれも継ぎ目が湿気でめくれ上がり、もとの壁面が見えてわびしい。壁紙は装飾のためというより、湿気を吸った壁が崩れ落ちてしまわないための防備なのだろう。

ひとまず皆で居間に座った。革張りの椅子に座る。ずっとこの家を見てきたのだろう。細かなひびが座にも背もたれにも入っていて柔らかく、よくいらっしゃいました、と抱き入れられるようだ。アレックスは向かいのソファに斜めに腰をかけるとゆっくりとアームに頭を乗せ、少しずつ身をねじらせてやがてソファいっぱいに足を伸ばして横になった。深く息を吐く。家によく馴れた猫のようだ。

ニコラは厨房へ行く。ガラスボトルや食器が触れ合い、冷蔵庫の開け閉め、蛇口からの水、まな板で何かを切っている音、ガサゴソと紙が鳴る。

ゴロゴロと小さな音とともに、ワゴンを押してニコラが居間へ戻ってきた。小さなまな板には、薄皮をむいていないサラミソーセージとナイフ、ホールを半分に切ったチーズが載っている。表面に薄く綿埃《わたぼこり》のようなものが揺らいでいるが、白カビか。

「ちょっと時間が経っているけれど。まあ、これも生きている証拠だろ」

かち割りのような大きな氷が塊のまま入ったクーラーは、どしりとした銀製だ。留守にしていても、この家を守る人がいるのだろう。ワゴンの握り手や無造作に積まれたカトラリーと同様、クーラーは磨き上げられてある。

ニコラは私とアレックスにグラスを渡すと、

「パーオーロ・コーンーテ！」

空《くう》に向かって言い放った。すると本棚の奥の方から、鼻奥からの甘い男性の歌が低く流れ始めた。

〈さあもう行こう、行くんだ。

こんなところから、もう他所へ行こう。

留まる理由なんて、何もないだろう?
この青い花? なんだよ、そんなの放っておけよ。
もういい、行こう、行くんだ。
グレーな天気。音楽に、気に入った男たち、だって?
It's wonderful
It's wonderful
It's wonderful〉

(Via con me, Paolo Conte, 1981 部分抜粋。著者訳)

アレックスはグラスを手に半身を起こし、そのささやくような、切ない歌に合わせて肩をゆっくり揺らしている。ニコラの目から視線を外さない。ニコラは窓を背に立ち、逆光で表情はわからない。頭の丸い影が、少しずつソファの方へ傾いていく。湿った匂いのこもる居間に切々とした歌声は沁みるように広がって、濃厚な感情が見えない糸となり二人を絡め取る。

……あ、つい。静かな湖畔の雰囲気に私も酔ったのか。

二人を居間に残して、あてがわれた部屋へ荷物を運んだ。寝室というより、談話室と呼んだほうがふさわしい落ち着いた雰囲気の部屋だ。深い緑色の地にベージュと焦げ茶色の線が縦に入った壁紙で、縞《しま》模様は周辺の木立のよう。小テーブルとアームチェアに、読書用のフロアスタンドが置いてある。背後の壁には、くり抜いて暖炉が設《しつら》えてある。まもなく盛夏だというのに、薪《まき》や固形燃料が蔓《つる》かごに入れてある。夜半は冷えるのかもしれない。

かごの横に、古新聞と黄色い表紙の本の束が無造作に積み置いてある。灰と煤で鮮やかな黄色がくすんでいる。この黄色い本は、書店だけではなく駅や高速道路の売店、町のキオスクで、あるいは夏のビーチでも手に入る、廉価で作品数の豊富な人気のシリーズものだ。たとえば、

「お勧めの〈黄色〉はありますか?」とか、

「読書はもっぱら〈黄色〉ばかりでして」や、

「そんなこと、現実にも起きるのねえ。まるで〈黄色〉じゃないの!」

といった会話が成り立つ。この〈黄色〉(giallo《ジャッロ》)は、イタリアだけで通用するミステリー、サスペンスのカテゴリーの総称である。本を読まない人たちも含めて、広く浸透している。

一九二九年にイタリアの出版社モンダドーリが、S・S・ヴァン・ダインとエドガー・ウォレス、ロバート・ルイス・スティーブンソンにアンナ・キャサリン・グリーンという四人の作家の警察小説や推理、怪奇小説をシリーズ化したのが始まりだ。表紙の鮮やかな黄

色をシンボルカラーとしたこのシリーズは、劇的なヒットを放った。刊行されると最初の一ヵ月で、総計五万冊が売れた。最初からペーパーバックだった。新しい文芸のカテゴリーとして、重さも価格も販売場所も、気軽に手に取れるようにしたのもヒットした理由だろう。

それにしても、謎、怪奇、犯罪、恐怖を扱う小説を黄色で染めたのはなぜなのだろう。

「ユダさ」

居間へ戻ってニコラに尋ねると、アレックスの側から身を起こして本棚に行き、画集を引き抜いた。これ、と開いたページでニコラが指したのは、イスカリオテのユダだった。奴隷一人の値段である銀貨三十枚でイエスを売り、信頼の証でもある接吻《せっぷん》でイエスを欺き、最後には首を吊って自死した。

「犯罪者で嘘つき、欺瞞《ぎまん》に満ちて欲深く、しかも小心。この裏切り者が着ていたのが、黄色だったんだよな」

翌日の夕方遅く、湖に出ることになった。

「仕事のつき合いで、どうしても顔を出さないとならないから」

集まりにつき合ってくれないか、と誘われて出かけることになった。「ふだん着の二割増しくらいのつもりで身繕いするといいかも」と、助言するニコラの足元を見ると、すでにエナメルの黒いスリッポンだ。

日が傾き始めた道を濃紺のサテンのジャケット姿のニコラについて、湖へと下りていく。アレックスはというと、身体に吸いつくような黒のタンクトップに黒い革パンツで、夕刻の景色に身体の線が浮かび上がっている。ただ歩いているだけなのに、一歩一歩が流れるようにしなやかで、つい立ち止まって高い腰の後ろ姿に見惚《みほ》れてしまう。

小さな桟橋から船に乗る。湖に浮かぶ島と湖岸を定期的に往復する渡し船だ。四百メートルほどの距離を船が行く。島はこんもりと木々に覆われている。手入れの行き届いた庭園が、湖の中から現れたように見える。このサン・ジュリオ島は、周囲が六百五十メートルほどと小さい。島内ただ一本の道を私たちは黙って歩く。静まり返っている。湖は初夏の日差しを照り返し、青葉がそれを受けて銀色に光っている。動くのは、葉が路に落とす影だけだ。中世の風景画の中に紛れ込んだような錯覚を覚える。かつての城跡に建つ教会と修道院の他にわずかな建物があるばかりである。しかも、出入り禁止の修道院だ。親族や友人、世の中との接点を断ち、イエス・キリストへの信仰に一生を捧《ささ》げて祈る修道女たちが暮らしている。小さな島を無限の思いが包んでいる。歩いているうちに、時空を超えて厳かな向こう側へ飛んでいくような気がしてくる。気がつくと、ミラノから引きずってきた雑念や心配事が失せている。なぜ〈沈黙の島〉と呼ばれるのか、歩いてみてわかる。無心になれば、言葉など不要なのだ。

ニコラはごく自然に、大聖堂の中へと入っていく。入っていいのだろうか。ここはすでに、出入り禁止の修道女たちが暮らす聖域ではないのか。アレックスはややとまどったような顔をしたが、おおげさに足を高々と上げて見えない境界線をまたぐ振りをしてみせ喉奥で笑い、大股でニコラを追いかけ後ろから腕を滑り込ませた。そんなことをしていいのだろうか。だってここは、神聖で厳粛な領域ではなかったのか。人の目がないか私のほうがドギマギし、大聖堂の扉を押した。

「やあ、ようこそ！」

衣擦《きぬず》れの音を立てて、ショッキングピンクのスーツ姿の男性が晴れ晴れと出迎えた。織り模様が凝っている。シルクシャンタンか。シャツも薄いピンクで、隆々とした胸元が透けて見えている。見回すと、広い大聖堂には裾を引きずるロングドレスや凝った刺繍、模様レースの民族衣装、スパンコールを肩からくるぶしまでびっしりと縫いつけたチューブドレス、遠目には全裸に見間違うベージュ色のボディスーツ、とおよそ沈黙の教会にはそぐわない印象の女性たちが談笑している。若くて、熟れている。若いのに、旧時代だ。

「『イタリア版プレイボーイ』の編集長だ」

ニコラが全身ピンクの同僚を私に声高に紹介すると、もはやステレオタイプのゴージャスな女性たちがいっせいに寄ってきた。エサに群がる熱帯魚か、ジャングルを飛び回る極彩色の鳥のようだ。一気に香水と興奮した女性たちの匂いが押し寄せ、女の私がむせて咳《せ》き込む。サン・ジュリオ島恒例の初夏の祈りのコンサートの場に、『プレイボーイ』の定例集会にやってきた関係者たちが同席しているのだった。

「あら、ニコラじゃないの」

「こっちにきて、ニコラ」

「ニコラったら、もう！」

「素敵なスーツ、ニコラにピッタリ！」

ニコラ、ニコラ、ニコラ……。

こんな光景を前にどうしているのか、とあたりを見回したそのとき、黒ずくめのアレックスが隅から大股で悠然と通路に出てきたかと思うと、呆気《あっけ》に取られている皆を尻目にバッグからおもむろにストールを取り出して、祭壇に向かって空で大きく翻してから裸の肩を覆った。ストールは、古新聞の横で束になっていたあの本と同じ、ハッと目を引く黄色だった。

はたして、大聖堂の暗闇に舞った黄色は警告なのか、抗いか。挑発か。あるいは、ミステリーなのか。
私には、ただただ神々しい光の筋が差し込んだように見えた。

おめでとう、ロベルト

［青］

鼻の奥がツンとして、自分でも思いがけず少しあわてている。それにしても、アメリカに行ってしまうだなんて。近所のバールへ午後のコーヒー休憩に出かけて新聞をめくっていたら、ロベルトが店に入ってきて、「国を変えてみる」、目が合うなりそう言った。

初めて会ったとき、ロベルトはまだ中学生だった。下校の途中でたまたま飲み物を買いに寄ったのが、このバールに通うようになったきっかけだったと思う。その年頃の子によくある、肩幅もなく胸も薄いまま背ばかり先に伸びた体型で、いつ会っても、起き抜けのように見える癖っ毛でボサボサの頭に太い黒縁の眼鏡をかけていた。ひとりでやってきて、しかめっ面で口をとがらせ一番奥のスツールに直行した。一見、自意識が高く自信満々のように見えたのだけれど、それが見かけ倒しなのは私たち年長の客にはお見通しだった。度の強いレンズの奥の目には、どんな論議も受けて立つという気構えが込められているものの、〈それで？〉と、話が盛り上がるなか私たちが少年に目線《ガン》を飛ばすと、もう何も言えずにただオドオドと目をそらすばかりなのだった。私たちは、バッターボックスに立つルーキーに外野席から声援を送るような気持ちで、少年にあれこれ助言したり人生訓を垂れたりした。そもそも皆が働いている昼下がりにバールに長居して駄弁《だべ》っているような私たちは、世間一般とは一線を画している、枠からはみ出してしまったような大人なのではないか。背伸びしてみせる十四歳と店の他には居場所のない熟年たちが、同じ空間に滑り込んで互いを相手に役割演技《ロールプレイ》をしているようなものだった。でもロベルトは一人前扱いされるのがうれしいようで、私たちも彼の前では普通の大人になれるような気がしてちょっと鼻が高かった。

「今朝、父から知らされたばかりで……。アメリカの高校に進学することになりました」

いったん「America」と言ってから改めて、「the States」と言い直して小鼻をふくらませた。

前衛舞台役者のルーカも、薬物中毒者の更生施設で働くドゥイも、出張料理人のダリオ、長年療養中のリサや詩人のダニエーレも、いつ届くか知れないニュースネタを待ち続けている私も、少年にかける言葉をすぐに見つけられないでいる。年が離れたロベルトは、もはや共有の弟のような存在だった。頼られているようで、実は私たちのほうが彼に救われていた。各人各様の理由で人生の箍《たが》を外してしまったような私たちとは違い、少年にはまっとうな未来が待っている。

毎日同じ顔ぶれがそろい、エスプレッソコーヒーか瓶ビールで思い思いに話す。どれも交差せず、でも誰も気に留めることもなく、適当に笑ったり憤慨したりして、「じゃあ、また」を繰り返してきた。顔見知りになってもう何年にもなるのに、互いの名前を覚えたのはつい最近のことだ。肩書きはもちろんのこと、皆が何を生業《なりわい》としているのかよく知らない。各々が言った自己紹介を信じている。そもそも学歴や職業、身元など、たいした問題ではなかった。もしありのままに生い立ちや現状を打ち明けられても、むしろ当惑しただろう。それなりに訳ありであるほうが、午後の空き時間を埋める仲間として似つかわしいような気がした。毎日会っていても、話は無尽蔵にあった。

そういう私たちにとって、ロベルトは店内に差す朝日だ。しかし実のところは、彼にも複雑な事情はあった。ミラノの北駅前の一画は、丸ごと父親の所有と聞いている。ビジネスコンサルタントとして名を上げ、今では傘下に多くの異業種企業を収める持ち株会社の会長だ。母親は、スフォルツェスコ城近くの古いロフトを改築した事務所兼住まいで、辛口の時事評論を書いている。ロベルトが小学校のときに両親は離婚。以来、彼はふた親の家を往来して育った。ギリシャの島、アルプスの専用ゲレンデ、コモ湖畔のヴィラ、中央イタリアのワイナリーを備えた農園、と年間の休暇だけではとうてい回りきれない別荘もある。海外の企業も多数買収しているので、世界各地に社屋と住居を持つ。わずか一代で父親がそこまで成し遂げることができたのは、裏にも表にも顔が利くからだろう。事業の拡大に伴い統括する圏域は広がり、つき合いも増え、ミラノの自宅で過ごすのは一年のうちわずか数日しかない。離婚協定に従って、たとえ父親が不在でも、ロベルトは裁判所が決めた時間を父親の家で過ごしている。いくら執事や家事手伝いが常駐しているとはいえ、彼はいつも独りだった。初めて水泳大会に出場が決まって家に帰っても、自慢する相手がいない。「勉強を見てもらうといい」。親がひと言頼めば、どんな一流校からでも現役の教師が飛んできた。間違えても反抗しても、叱られたためしがない。そばに誰もいない。

いよいよ中学校の卒業が近づくと、ロベルトはバールにやってきてスツールテーブルにノートを広げ、義務教育課程の修了認定試験の準備にかかった。わからないところがあっても、私たちには質問しない。しかめ面でうつむき、勉強している。家に帰れば、家庭教師がつきっきりで教えてくれるだろうに。気をもむ私たちは順繰りに、やれビールの追加や「気つけにチュピートでもいくか」などわざとらしくつぶやいてみせ、奥のレジまで注文しに行く。そのついでに、少年のノートにチラリと目をやる。「オレはインドだった」、ダニエーレは自分の番が来るとノートを覗き見したあと、周囲にも聞こえるように独りごとを言う。「お前のは、小学校の卒業試験のときの話だろ?」、ドゥイが鼻先で笑って返す。生徒は自分でテーマを決めて、在学中に全科目で学んだこともうまく組み込んでひとつにまとめる。課題作文試験だ。ダニエーレは席に戻って来ると、

「おい、ニッポンだぜ」、小声で私に告げた。

それから卒業試験の前日まで、私は欠かさずバールに通った。もはや午後の気怠《けだる》い習慣ではなかった。これは新たに自分に課された使命だ、と気合を入れた。

〈ロベルトから何か質問されるかもしれない。だいじょうぶだろうか。でも、してくれるとうれしいな〉

密かに日本史や地理を復習《さら》う。今さらメモを書くのも恥ずかしいので、暗記した。スラスラ答えてみせたい。少し調べ始めると不足がないか心配になり、古今の産業や伝統行事、伝統芸能、神社仏閣に庭園、漫画や文学、童謡、服飾に料理、と勉強した。すればするほど、日本がどんどん遠くへ行ってしまうような気がした。〈祖国とは、国語だ〉(思想家エミール・M・シオランの言葉)どころではなかった。祖国から離れて暮らすうちに日本語はもちろん、文化や代々の習わしと縁が薄れている。自分はもうどこにも属さないことを改めて告げられるようだった。私もミラノで独りだった。

結局、ロベルトからは何も訊かれなかった。いつもの時間にバールに晴れ晴れとした顔

でやってきて、

「合格点が取れました！」

おめでとう。

ロベルトが自分で選んだ〈日本〉で卒業を決め、新天地へと発っていく。


アメリカの高校への進学を決めたのは、父親の独断だったらしい。一人息子がヨーロッパ圏外に出るのを母親は寂しがったが、「世界を知るには、やはりアメリカ合衆国でしょうね」。そのままアメリカに残って大学で政治学を勉強したらどうか、とまで言ったらしい。母親にも引き留めてもらえず、ロベルトはしょげていた。

でももっと寂しかったのは、私たちバールの常連だった。黙って、それぞれに餞《はなむけ》を用意し始めた。ドゥイがまず、「気に入ったら何泊してもいいぞ」と、薬物中毒者の更生施設の親族用の宿泊所に私たちもいっしょに招待した。ミラノからそれほど遠くない美しい丘陵地帯にあり、入所者たちは共同生活を送りながら農業に従事し、乳牛や鶏も飼育している。役者ルーカは、それならば施設の皆といっしょに創作劇をしようと提案した。「ロベルト、君は大道具を担当してくれないか」。私たちは全員でミニバンに乗って、ミラノから丘陵地帯へ向かうことになった。ダリオはいつも背負っているリュックの中の包丁を披露し、「祝宴は僕に任せて」と、うれしそうだ。地産野菜や作りたての乳製品、加工肉は潤沢にある。虚弱なリサは、「テーブルデコレーション用に、ゆっくり野原で花を摘むわ」。ダニエーレはどうするのだろう？

「おいニッポン。僕は、あいつに詩を贈る。乾杯のあと、酔い潰れる前に皆の前で暗唱するぞ」

それなら私は、詩を書くための紙とペンを贈ろう。

もう何年も前に、私はとても大切な友人を失った。不意のことに気持ちの整理がつかず、現実を受け止められないまま時間が過ぎた。二年ほど経った頃だったか。小包を受け取った。ボローニャの共通の友人からで、解《ほど》くと美しい白木の箱が入っていた。蓋を開けると、いくつかの小さなガラス瓶が並んでいた。華奢《きゃしゃ》な木箱の蓋の内側には、店の名前と記章が焼印で記されている。原本は手書きなのだろう。優雅なカリグラフィーが、薄い木目の上に流れている。波間に漂う小舟のようだ。

カードも手紙も同封されていなかった。ガラス瓶にはそれぞれ異なる色のインクが入っていて、〈地中海〉〈サルデーニャ〉〈ヴェネツィア〉〈カプリ〉と、やはり手書きで色の名前を記したラベルが貼ってある。

詰められたインクは、夏ごとに仲間がそろって訪れた海の色だった。窓に向かってインク瓶をかざすと、エメラルドグリーンがガラス越しにあふれた。そのとたん、サルデーニャ島での八月の日々が目の前に広がった。夜の海を泳いだ晩夏のシチリア。深い青色に飛び込むと、中で青が重なり合って黒々としていたのを思い出す。

卓上に、インク瓶から異なる青い色が帯状に延びている。連なる波のようで、ひとつにまとまって海へと向かう。

さまざまな青色のインクを見ていると、〈失《な》くしてしまったあいつはもう戻らないが、ともに過ごした時間を海に託していったのだ〉と、贈り主から言われたような気がした。

ボローニャへ礼状を書いた。青い海にペン先を浸す思いで、手書きでしたためた。ひと文字ごとに、忘れてはならない瞬間がよみがえった。

間口は狭いが、中に入るとけっこうな奥行きだ。窓がひとつもないその店内の一番奥に、分厚い眼鏡をかけて店主が座っている。店員はいない。〈古きよきミラノ《ヴエッキア・ミラノ》〉を代表するような、何代も続く筆記用具の専門店だ。店の扉の横に縦長のショーケースが設えてあり、紺色のビロードを貼った棚に、外国製の万年筆が数本、無造作に並べてある。値札もないしメーカー名も書かれていない。

真鍮《しんちゅう》のドアノブを捻《ひね》りガラスドアを押して店に入っても、店主は手を止めずちらりと目だけ上げて、

「こんにちは」

少し微笑み、再び手元に目を落とす。いつ訪ねてもこうだ。八十歳を超えているだろう店主は、前掛けとそろいのしっかりした綿の腕カバーを着けて、数本の万年筆を丁寧に診ている。店は筆記用具を売るけれど、修理も請け負っている。私がここを知ったのも、「あの店ならなんでもある」と勧められて、壊れたペンを持ち込んだからだった。

こちらが口を開かない限り、店主から話しかけてくることはない。ノック式のボールペンのバネを取り替えたり、書き味の鈍った万年筆のペン先を洗ったり、すっかり黒ずんでしまった彫り模様の入ったペン軸を磨いたりしているのだった。指の腹にペン先をそうっと載せては、ルーペ越しに観ている。ペン先をすすぐために水が入れてある小さな瓶は、かつてジャムでも入っていたものだろう。どこでも見かける空き瓶は歴史ある店に少々不釣り合いだったが、老いた店主の親身な誠実さを表すようでほっとする。

洗ったペン先を真っ白の布で拭う店主といっしょに、私も青いインクの筋を見ている。

進学で遠くへ行く人に贈りたいのですが……。

店主にお勧めを訊いた。静かな少年で、彼の中学校の卒業祝いも兼ねた贈り物であるこ

とをつけ加える。

「ミラノ人でしょうか？」

唐突にそれだけ店主は尋ね、それならば、とガラスケースの中から迷わず一本を取り出した。黒軸にゴールドのラインが入ったモンブランの万年筆である。

「人生で最初の万年筆として、もう贈られているかもしれませんが。イタリアにも名品はありますけれど、ミラノで生まれ育った男性ならやはりこれでしょう」

ペンは人なり、なのか。紳士用の筆記用具は、軸太で重量感のあるものが多い。でもそれはそこそこの重みで、使いやすそうだった。

店主は椅子に掛けてあったジャケットをおもむろに羽織ると、胸ポケットにその万年筆を挿し、どうです？　と私の方に胸を張って見せた。濃紺のフランネルの胸ポケットにひと筋の金色が入り、面立ちが映える。次に店主は、軽く前屈みになった。すると、金色の筋の上に白い星が現れた。天ビス（キャップの頂《いただき》）に付くモンブランの記章だ。胸元に彗《すい》星《せい》が輝く。

「でもね」

店主は少しいたずらっぽい顔になる。

「もし私が自分に贈るとしたら、絶対に日本製を選びますね」

そう言いながら、革のトートバッグからカタログを取り出した。何度も見返しているのだろう。ページの角はすり切れて丸くなっていて、表紙にもあちこち折れた跡がある。何年も前の日本の筆記用具のカタログだった。

「私の愛読書です」

店主は照れ臭そうに笑いながら愛おしむようにページを繰り、ボールペンや万年筆、サインペンを一本ずつ、どれほど惚れ込んでいるのか説明し始めた。どれも私にとっては見慣れたメーカー品でつい、今はもっと進化した商品が出ていることを話した。イタリアの輸入代理店が扱うものしか自分は知らない、と店主は残念がった。

「私が日本の筆記用具に魅せられたのは、インクでした」

店主は奥から折りたたみ椅子を持ってきて私に勧め、それから二人でインクの魅力について延々と話した。一度はまると簡単には抜け出せない沼のような。出口のない樹海のような。

現代は世の中にある事象の数だけ、その名前を冠した色がある。見る人や場所が異なると、同じ色でも七変化する。日本もイタリアも、色には自然界から取った名前が付いている。夢中でインクの一覧を見ているうちに、各地の花や雨、石や海、森へと心が飛び、四季折々の色調に連れられて妄想の旅に出る。〈浅葱色《あさぎいろ》〉や〈トルコ石〉〈深夜〉など、色の名前はさながら物語のタイトルだ。

万年筆のメーカー各社は、独自の青インクを作っている。

「腕の見せどころの色ですからね」

紫がかった青から黒に近いもの、青という青を集めた究極もあれば、時とともに残り香のように薄い灰色へ変わっていく青インクもある。日本では、公式書類への記入はたいてい黒いボールペンに限られているが。

「イタリアでは小学校に入るとすぐ、青色のボールペンでノートを取るように教えられます」

小さな青い文字がぎっしりと書き込まれた、ロベルトのノートを思い出す。

「イタリアをはじめヨーロッパのほとんどの人の一番好きな色は、青なのです」

そこで急に、店主が低くイタリアの国歌を口ずさむ。五輪のメダル受賞やサッカーのワールドカップ優勝、建国記念日、陸軍や海軍の行進のシーンが次々と浮かんでくる。緑白赤の国旗が翻る背景には、必ず抜けるような青がある。イタリアのナショナルカラーの青色（azzurro《アッズッロ》）だ。

「空と海は、澄んだ空気や水が重なって青い色になるのでしょう？　清々《すがすが》しくて、見ているだけで自由へと解き放してくれる色ではありませんか！」

アッズッロという色名は、〈天と空と青〉を表すアラビア語の〈ラズワルド〉(lazward)から派生したとされる。青の中の青だ。古くは、ローマ神話の天なる父ジュピターに捧げられた色だった。雨や嵐、雷鳴といった天候現象のすべてを司《つかさど》る神だ。

神話では至上神を象徴する色だったが、古代ローマ時代の実生活では青は疎《うと》んじられていたらしい。染色にはアジア原産の草花が使われたが、着色が悪く濁った色にしか染まらない。薄汚くて不人気で、最下層の労働者たちの衣服染めに当てられていたという。当時、中央アジアからヨーロッパへと流れてきたケルトやゲルマンの民は、敵を威嚇するために身体や髪をこの青で染めていたので、ローマ人やギリシャ人たちは、青すなわち蛮族、という印象を持つようになった。さらに、蛮族の粗雑な身繕いや振る舞いが耐え難かったようだ。長いあいだ、青は色としてすら認められなかった。文献にも美術品にも青色は現れないため、「古代ギリシャや古代ローマの人たちは、青が判別できない色覚異常だったのではないか」という研究もされたほどだった。

店主は作業台の引き出しから、分厚い一冊を出して広げた。『中世の聖母』と濃紺の表紙に金の文字で箔押《はくお》しされている。各地の名作美術品が並ぶ。

「いいですか、ちょっと見ていてくださいよ」

ページをめくる速度を上げてみせた。ほとんどの聖母が青い服をまとったり、背後が青く塗りこめられている。数百のページが、店主の手元で青い流れとなっている。『ちびくろサンボ』に出てきたトラたちが、グルグル回っているうちに溶けて黄色のバターになったシーンを思い出す。

図録最初のページには、パリ郊外のサン・ドニ大聖堂が載っている。十二〜十三世紀に完成。赤と青が基調となったステンドグラスが圧巻だ。

「古代は植物色素だったのを、中世にはアフガニスタンの鉱山で見つかったラピスラズリを砕いて顔料として使うようになりましてね」

それまで教会の装飾には、神聖な色として赤や白、黒や金が用いられていたが、ラピスラズリという貴重で高価な材料を使うことで、青い色は見直されて地位も急上昇した。サン・ドニの大聖堂のステンドグラスは赤と青で染められ、日が当たると聖なる空間は青と赤の光で満ち、さらに二色が交錯して生まれる紫に、「これこそ天国の眺めだ」と、人々は感銘を受けた。以降、天から差し込む青い光は、強い信仰の思いと尊さの象徴となった。

「聖なる母《マンマ》の色が青なのです。イタリア人が嫌うはずがありません」

青への思いで胸をいっぱいにして、店を出た。

「あなたからの贈り物なのですから、ぜひ日本製になさるといい」

どんな状況でもインク漏れのないボールペンを贈ることに決めた。日本の青い色のインクを入れて。

ダニエーレの詩を私はそのペンで書き写した。

「これなら裏抜けの心配がありません」

店主に選んでもらい、南イタリアの海の町、アマルフィ産の紙に書いた。

ラピスラズリは、九月と十二月の誕生石だという。石言葉は、〈たしかな成功〉〈真実〉〈健康〉〈幸運〉だ。

ロベルトは、九月から海の向こうの人になる。

太陽からの贈り物

［オレンジ］

「どうしてエリオは、パパとママと違うの？」

私のシャツの裾を引っ張りながら、ルカがないしょ声で訊いた。乳幼児と未就学児を預かる保育所の中庭で、幼子たちの相手をしていたときだった。

当時、眼下に海が見える小さな山村で、その保育所と同じ路地沿いに私は住んでいた。自治体に届けは出してあり手伝いの人は常駐しているけれど、資格のある保育士はいなかった。建物は村の入り口にあり、管理をするのはカトリック教会である。村の教会には隣接して祈禱所があり、それを守る修道会に所属する修道女たちが保育所となっている建物で暮らしていた。十数キロメートル先のサン・レモという港町に支部を置く女子修道会と繫がっていて、その分室とでも呼べばいいだろうか。長年にわたって祈りの人生を送ってきた修道女たちが、移ってくる場所らしかった。責任者である修道院長を除いて他は皆、八十歳を超える高齢者だった。祈りの終《しまい》を果たす場所でもあったのだろう。

あるとき修道院長に呼ばれて訪ねると、

「日中、あなたはたいていい家にいるのでしょう？　働く親たちを手伝うと思って、いらっしゃいませんか？」

ニコニコ顔で言われ、断る理由もなく、喜んでその日から保育所へ通うことにした。昼寝から目覚めた子どもたちと小さな中庭で砂遊びをしたり、屋内で絵を描いたり歌ったりした。そういうときに、ルカから質問されたのだった。

「どうしてエリオだけ黒くて、髪がクルンクルンなの？」

修道院長はこの無邪気な質問を耳にすると、床に膝を突き小さな男の子の目を見つめながら、

「あれがかわいいでしょう、エリオって！　ルカ、あなたもとてもかわいいのよ。ふたりとも神様からの大切な贈り物です」

そう言って近くにいたエリオといっしょに引き寄せ、大きくて丸い胸元に抱きしめた。

ふたりともまもなく三歳で、山道沿いにあるこの村の両端に住んでいる。おむつの頃からの仲良しで、何をするのもいっしょだった。

ルカは明るい金髪の巻き毛で、透けるように白い肌をしている。薄くとがった鼻で、瞳は明るい青だ。華奢な体軀《たいく》から長い手足が伸びている。父親は、フランスとの国境そばの山村の出身だ。森林警備の仕事でここを訪れ、知り合った村の女性と結婚した。夫婦そろって山の人である。長身でがっしりとして、いつも険しい目をしている。村の住人も含め

て、他人とは気安く打ち解けない頑なさがあった。

いっぽうエリオの両親はふたりとも隣の山に生まれて育ち、地元で働いている。両方の親族も代々、この地を離れずに暮らしている。父親は役場勤務で、母親は福祉関係の仕事に携わっている。そろって小柄で控え目であり、少し離れたところから様子をうかがい見るような印象があった。慎重なうえに、人見知りなのだろう。もう若くはないこの夫婦が、なぜ生まれたてのエリオを他所の国から連れてきたのか、詳しい事情は知らない。エリオの褐色の肌に日が当たると、太陽を取り込んだようにオレンジ色に光る。櫛《くし》の通らない縮れ毛は、小さな球状にクルリとまとまっている。大きな目の白目の部分が濡《ぬ》れていっそう白く輝き、濃茶色の肌と髪と強いコントラストを放っている。上向きの鼻頭は、小さなボタンのようだ。

ルカとエリオが小さな頭を寄せ合って盛んにしゃべっている様子に、私はいつも見惚れた。それは、空や海、木や花、魚や鳥、冷たい秋雨や小春日和《こはるびより》の柔らかな日差しのように、生き物や風景のなかの対をなすものを見るたびに感動するのと同じだった。ふたりは同い年なのにこれほどまでに違っていて、でも等しく美しくて愛おしい。それは修道院長の言う通り、天からの贈り物としか説明のしようのないことに思えた。保育所には他にも、スイスやアメリカ、ドイツ、東欧からの移民の子どもたちがいた。それに私も東洋人だ。小さな山村なのに居ながらにして世界を見渡すようで、なんとも自由で爽快《そうかい》な気分だった。他国からやってきたともなると家庭ごとに事情はあるのだろうが、それは大人の問題であり子どもたちには関係がない。イタリア語がまだおぼつかない子もいたが誰も気にするふうでもなく、皆はひと塊《かたまり》になって遊んでいた。

そういうなかでルカから質問されて、私はすっかりとまどった。でも一番驚いたのは、エリオ本人だった。「どうしてエリオは違うの?」と問うルカをしばらく見たあと、〈どうして?〉と、修道院長と私に大きな目を向けた。驚いた小動物のような目だった。一番の友だちに言われるまで、自分が両親と異なるなど考えたこともなかったのだろう。かわいそうな、小さなエリオ……。

修道院長が胸元からふたりを離すと、

「全然エリオと違うから、本物のパパとママじゃないんだよ!」

すかさずルカは叫んだ。自分は知っている、という勝ち誇った調子だった。声を張り上げて言ったので、周りで遊んでいた他の子たちがいっせいにエリオを見た。

子どもは純真である。幼ければ幼いほど、純度の高い水のようだ。使える言葉の数は少ないけれど、口にするときは言い淀まない。少ない語彙はずばりと核心を突く。飾らない言葉には陰がなく、物事の輪郭を鋭利に切り取って見せる。

「どうして違うの?」

「じゃあ本物のパパとママは、どこ?」

「神様がまちがえたのかな」

「大きくなっても茶色のままなの?」

エリオが両親と異なる、と気づいてしまった幼子たちは、口々に質問し始めた。エリオの大きな目にみるみる涙があふれて、いつもなら大好きなルカにしがみつくところなのに、今は独りで立ち尽くしている。

〈とうとう言った!〉

騒ぐ皆を前にルカはとまどいながらも、少し笑っていた。大切な秘密を自分だけが知っていて、皆に明かし驚かせて得意な気分だったのだろう。自我が芽生え、生来負けん気が強いなら、自分が一番、と何につけても言い張りたい年頃なのかもしれない。ルカの口調は無邪気で、だからいっそう残酷だった。ただし、〈本物の親ではない〉は、幼い子が突然に思いつく言葉ではなかった。

夕方にかけて仕事を終えた親たちが三々五々迎えに来て、子どもたちは家へ帰っていった。修道院長は門に立ち、一人ずつに声をかけて見送る。大人に手を引かれて外に出たとたんに、

「ねえ、エリオは本当の子じゃないんだって！」
待ってましたとばかりに、どの子も告げた。ルカと同じように〈秘密を教えてあげる！〉
と声をひそめた。でも得意げに、少しうれしそうに。

村は、山道に沿って張りつくようにして建つ集落から成る。トスカーナ州からリグリア州のジェノヴァを挟んで南仏コートダジュールへと続く一帯は、海の際まで山が迫り、平地にゆったりと広がるような町村はない。凹凸に富んだ海岸線が面するのはリグリア海で、穏やかな地中海でもとりわけ温暖な気候に恵まれている。マイクロ《局所》気候と呼ばれ、優しい冬には雨も少なく、夏はほどよく乾いた風が通り抜けて陸部の淀みを一掃していく。初めて訪れたとき、山の頂と頂を結ぶように延びる高速道路からの眺めに驚いた。季節の変わり目の風が吹いた直後で、遠くフランスまでを見渡せた。木の葉一枚まで見分けられるかというくらいに澄み切った空気で、鷹《たか》の目を得た気分だった。この〈見通しのよさ〉こそが、ろくろく耕す土地もないこの一帯にとっての、古代から誇る特産物なのだった。

海からは、荒波の代わりに繰り返し異教徒が襲来した。上陸し山を越えてイタリア半島を踏み荒らしながら北上し、ヨーロッパへの侵攻を謀った。これだけ海に近いのに大海に打って出るという気運が感じられないのは、海からやってくる他所者を恐れたからだろう。

人々は海から内陸へと逃れ、山の急斜面にフジツボのようにしがみついて生きてきた。石を積み上げて造った家は、壁が分厚く天井は低い。まるで要塞だ。山道を上ってやっと家にたどり着いても、玄関扉を開けるといきなり急傾斜の階段という造りになっている。屋内に入っても、窓は少なくどれも小さい。人目を避け、薄暗い家に身を潜めるようにして生きた。集落を通る道は少なく、細く曲がりくねっている。坂をずり上るヘビのようだ。道は村の一番高い地点へ向かう。集落が張りつく山の頂だ。そこにさらに塔を築き、海からの侵入者を見漏らさないよう警戒し続けてきた。山々の頂ごとに監視塔は建てられ、不審に気づいた塔からその他の塔へと非常事態が伝えられた。

夜、海は静まり返って鏡面となる。月の光は海面に青白く反射し、山へと投げかけられる。一帯の特産物であるオリーブは低木で、密生しない特性だ。下草を除いて栽培するので藪《やぶ》がない。他所者が闇に潜もうとしても、月と海とオリーブの木が連携して人影を浮かび上がらせるのだった。万が一、見漏らしてしまった侵入者が山まで進撃してくる場合に備えて、住人たちは大鍋にオリーブオイルをたぎらせて待ち構えた。村の路地に入り込んでくる敵を目がけて窓からぶちまくために。

今も変わらず、住人たちは山に住む。長年抱え込んできた怯えは、ふとしたきっかけで暴力へと変転する。他所者に向けて抱いてきた積年の不信感は、もはや山の人々が本能的に持つ自衛手段のようなものになっているのではないか。

いつも村は静かだ。聞こえるのは、保育所の幼子たちが笑ったり泣いたりする声と教会の鐘の音だけである。


私が住んでいた家は、村の内側に面した路地沿いにあった。三階建てだが私が住む一戸だけの建物で、一階部分には部屋がなかった。代わりに急な階段があり、手すりにつかまって上らなければ、そのままうしろ向きにひっくり返りそうになるほどだった。外光を取り込む窓がないため、いったん玄関の扉を閉めてしまうと真っ暗で何も見えず、たちまちカビ臭い湿気に包まれた。小さな電灯が付いてはいたが、湿気のせいか、何度取り替えてもすぐ電球は切れてしまうのだった。縦長に部屋が積み重なる構造だったが、一直線上にそろって重なっているわけではなかった。両隣や背後の建物と壁を共有していて、こちらの建物にひと部屋、隣の建物に入り込んでもうひと部屋が、そして裏の建物へと延びる部屋もあるというふうに分かれていた。アリの巣を縦にしたような、と言えばいいか。壁や床、天井と階段のすべてが石で、壁を共有している隣や裏の物音は聞こえなかったが、気配は感じた。独りなのに、そばに誰かいる……。

曲がっている路地の通りに私の家の壁も曲線を描いていたため、本棚や机、ソファを壁沿いに置くと隙間ができた。しばらく住むと、過去に改築した際もあえて曲線のまま壁を残してあることに気がついた。壁土を上に塗り込まず、積み重なった石が見えている箇所があった。古代にさかのぼる工法で、まず岩を積み合わせ、隙間に薄い板状の石や細かく砕いた石が詰めてある。互いの重量で支え合い、目地を埋めた小石がクッションの働きを果たす。ところどころ壁には二メートル近くもの厚みがあったが、重なる石の隙間には微《かす》かな気流があった。壁を通して家が呼吸する。かつての住人たちの潜めた息が、そこかしこに重なっているように感じた。

ルカの父親がこの土地の女性と結婚して村に暮らすことが決まったとき、村じゅうの壁が安堵《あんど》の息を吐いたことだろう。彼はフランスとの国境の山に生まれ育ち、ずっとイタリアを警備してきた人なのだ。外を見張って異なるものを弾《はじ》き出し、自分たちのいる内側を守る。まさにこの村が堅守してきた生き方そのものだったからだ。現在では軍に転籍しているが、かつては森林警備隊と呼ばれた組織で、山岳地域の住人や生き物、自然環境の保護と災害対応を担ってきた。密猟者の逮捕や絶滅危惧種の保護、山火事の予防や消火などである。難しい地理的な条件のもとで、警察と消防署というふたつの重い責務を果たす。人々は、森林警備隊に全幅の信頼を寄せてきた。「任せておけば、まちがいない」と、皆が思う存在だ。

「エリオだけ違う」

幼いルカが考えついたことではないだろう。息子の口を借りて、父親が警鐘を鳴らしたのではないか。ルカの勝ち誇った顔に、長身の父親が眼下を見渡す目が重なる。

私がここへ引っ越してきてまもない頃、村のよろず屋でルカの一家と居合わせた。老店主が、ルカの父親にさかんにしゃべっているところだった。私が店に入ると、店主はふっつり黙り込んだ。そのときルカの父親が振り返って私を見た目を、今でも忘れない。村への新来者を一瞬で見極めようとする警備隊の目だった。黙礼されたが、強い圧があった。自分が日本人でミラノから引っ越してきたばかりであり、在宅で仕事をしている、と私は問われもしないのに説明していた。軽く挨拶を返すつもりが、まるで身の潔白についての釈明をするようだった。

彼はあごを上げて背筋を伸ばすと、さらに高いところから私を見下ろし、〈あなたのことはすでに聞いています〉というような目をした。山頂の監視塔のようだった。

修道院長が保育所を手伝うよう私を誘ったのは、単なる思いつきではなかったのだろう。村が遠巻きにして見張っていた異国人の私を、少しでも早く住人になじませようと配慮したのだと思う。〈カトリック教会〉は、何よりも効力のある守り札であり証明書だった。

ルカの一件があった日、夕方に子どもたちを帰し終えたあと、修道院長に頼まれて隣の山の町まで車で送っていくことになった。山頂からS字カーブを繰り返すたびに海が左右と交互に見え、山を下りきったところで夜に沈む海が正面に現れた。それまで助手席で黙って前を見ていた修道院長は、海に向かって一回、これから訪ねる隣の山に向かって一回、小さく十字を切った。修道院長は、先月までの白い修道服とヴェールから薄い灰色の秋冬用に着替えて来ている。微かに漂う虫除《むしよ》け剤の匂いに、修道院長の実直な信心を思う。

道は緩やかなカーブを描いて、隣の山の裾へと向かう。ほどなく道路は二車線となり、歩道も付いている。道沿いに商店やこぢんまりしたホテルが並び始め、突然、小都会に紛れ込んだようでとまどう。目抜き通りなのだろう。歩道には、等間隔で街路樹が植わっている。よく繁った葉の間に、たくさんの果実が見える。街灯を受けて、明るい橙色《だいだいいろ》に照らし出されている。イタリア各地でポプラやプラタナス、松の並木道は目にしてきたが、オレンジの木が街路樹として植わっているのは初めて見た。修道院長は外を見ながら、ロザリオにそっと唇を当てて聖母マリアへの祈りをつぶやき続けていた。

山を上りきると、教会の前に出た。頂上には、教会の向かいに広場を挟んで警察署が建っている。山は建物に覆われていて、歴史的旧市街の扱いで、居住者証明書を持っていなければ車で進入はできない。私の住む村よりも大きいので相応数の住人がいるはずなのに、どの家の窓にも鎧戸《よろいど》が下りていて、空き家なのか人が住んでいるのか外からはわからない。宵の口なのに生活音がない。でも、気配はあった。壁の向こうに誰かがいる、という家で感じるのと同じものだった。

修道院長は秋の夜の冷気に背を丸めて、教会へ入っていった。数人が前の列に座ってミサを礼拝している最中だった。台に両肘を突いて頭を支え、司祭の祈りを聞いている男性がいる。その隣の女性は、足台にひざまずき胸元で手を合わせている。身じろぎもしないふたりの頭越しに、十字架のイエス・キリストが見える。真っ白のクロスが掛かった祭壇には、色とりどりの花と磨き上げられた燭台《しょくだい》が置いてある。高い天井には円窓があり、壁や柱は隙間なく装飾や絵画で埋めつくされている。床には幾何学模様に大理石がはめ込まれ、絨毯を敷いたようだ。荘厳な佇《たたず》まいにただ圧倒される。

聖体拝領の儀が始まった。香炉に献香され司祭が小鐘を鳴らすと、それまで親身に感じていたイタリアが、瞬時で離れていく。イタリアに暮らして目に見えない壁が立ちはだかるのを感じるのは、私には、教会でのこの瞬間だった。どれだけ言語を習得し文化や習慣を学んでも、異教徒の自分は所詮、ずっと異者《こともの》のままなのを思い知る。

ミサが終わると、それまで熱心に祈っていたふたりは満面の笑みで修道院長のところへやってきた。エリオの両親だった。今日の一件は、もう村じゅうに知れているだろう。あれこれ取り沙汰《ざた》されるのを避けて、隣の山の教会で待ち合わせたのかもしれない。

「私たちは、こちらの山の出身でして」

エリオの母親は、老父と姉妹が住んでいる実家のある通りの名を挙げ、どこの青果店がお勧めか、海へ下りていくにはどの路地が近道か、など次々と話した。夫はそばで黙って口の端を少し緩めて笑い、妻の地元自慢を聞いていた。

今夕、修道院長からルカの一件の一部始終を聞くと、夫婦はまず教会にやってきた。

「エリオは、授かりものです」

母親は落ち着いた声で言い、微笑んだ。保育所の子どもたちの母親より、ひと回りは年長だろう。染めた髪の生え際が白く光っている。教会の薄暗い中でも、目尻や首筋の皺がわかる。

夫婦には、エリオより十歳ほど年上の実子がいた。難産の末に授かったその子は虚弱で、病んでは入院し、やっと退院したかと思うとまた別の不調に見舞われた。近隣だけではなく遠方まで、あたれる限り病院を訪ねた。

「それでも病因はわからずじまいで。一秒でも長く生きてくれれば、と思うしかありませんでした」

臥《ふ》せっている子どもにも楽しんでもらおうと、年じゅう花が咲くように庭の手入れをした。夫婦で手の足りないときは、親族が交替で看《み》た。自分たちの住む山と親族が住む隣のこの山との間をいったい何度、往復しただろう。海に吸い込まれてしまいそうになった夜もあった。街路樹は季節を問わず青々と葉を繁らせ、実をたわわに付ける。夜目にも明るい橙色に輝くオレンジにはっと我に返り、闇の底から太陽に引き上げてもらうように思った。

海の向こうに逝ってしまった人へ鎮魂を込めて街路樹を植えた、と聞いた。去ってしまっても、また異なる者に姿を変えてこの地に戻って来るように願い、散って終わりの花よりも果実の生《な》る木を選んだのだという。山と山を結ぶ通りのオレンジには、海の向こうから新しい命を連れてくるエネルギーが満ちている。

一歳を迎えられるかどうか、と言われた子だったがその後少しずつ力を付け、座り、咀《そ》嚼《しゃく》して、立てるまでになった。奇跡としか思えなかった。元気に歩くようになった子の手を引いてまず行った先は、教会だった。それまで夫婦は、習慣としてカトリック教に基づく行事に従う程度の信徒に過ぎなかったが、

「湧き上がる感謝の想《おも》いを伝えたくて」

十字架の前に伏したのだった。

当時は、身寄りのない子どもたちを受け入れて育てる家庭を教会が探して取り持つことがあった。南米やロシア、アジア、アフリカなど、遠い外国との縁組もあった。夫婦は、困っている子どもを助けたい、と教会に相談に行った。わが子が救われた喜びを、子どもを救済することで返礼したかった。申請のための書類と手続きは膨大で、厳しい書類審査を通過しても最終的な認可を得るには、乗り越えなければならない山がいくつもあった。

シングルマザーが親権放棄を決めた新生児がいる、と知らされたのはしばらくしてのことだった。南米だという。小さな縮れ毛にコーヒー色に光る、赤ん坊の写真に、

「私たちを選んでくれてありがとう」

と、泣いた。走り回るようになっていた上の子を連れて、初冬に南米まで男の子に会いにいった。最終審査のために現地でいっしょに寝起きをした。長い冬休みとなった。そしてクリスマスを目前に、一家は四人になってイタリアへ帰ってきた。

「出生から私たちの家族になるまでのことを全部、エリオに話しました。私たちが予定していたより、少し前倒しになりましたけれど！」

その週末、私たちの山の村の教会で誕生会が開かれた。もうすぐ十一月だというのに、瑠璃色《るりいろ》の空が広がり海が光ってまぶしい。小春日和の広場に出されたテーブルには、ポテ

トチップスやフォカッチャ、ひと口サイズのパニーニが並んでいる。カラフルな風船が風にそよいでいる。教会の前に掛かった大きな看板には、
〈ルカとエリオ、お誕生日おめでとう！〉
ふたりはこれまで通り、抱き合ったり手をひっぱったり、転がって笑ったりしている。白い頬にも茶色のあごにもピッツァのトマトソースが付いて、オレンジ色に染まっている。

本屋とコーヒー

［茶］

とうとう椅子を動かしづらくなったので、山を崩しにかかった。机の上や棚がいっぱいになると自室に残る平面は床だけで、やむを得ず本や新聞雑誌にコピーしたいろいろを直《じか》に置いていている。大切な仕事道具を足元に置くなんて、といつも心の中で平伏し詫びている。でもただ闇雲に積んでいるわけではなく、ここは〈食〉あちらには〈事件〉、右に〈歴史〉左は〈文化〉というふうにテーマごとに分けている。揺れても崩れないように下の方から判の大きい本や分厚いものを置いていき、てっぺんに近づくにつれ背表紙のない冊子やクリップで留めた資料のコピーを載せている。裾野の広い穏やかな休火山ふうになったり、軒下にぶら下がる氷柱《つらら》のようになったりしている。

机の下の一番奥に、スクラップした記事を入れた箱がある。本や紙束が箱を取り囲んでいる。今すぐに必要ではないけれど必ず取りかかりたいテーマの参考書籍や、対処しなければならない実務の関連書類だ。たとえば、争いごとに巻き込まれたときに役立つだろう、証拠や反論するための資料なども積んである。他の山に紛れ込んでしまわないように、ひとまずそこに待機させてある。そしてそのまま、忘れ去られている。

二〇二〇年一月、イタリアから日本へ一時帰国する準備で時間に余裕がないのに、行っておかなければ、と駆り立てられるようにヴェネツィアを訪ねた。この十年ほど冬が来ると当地に暮らしてきたが、今回はうまく都合がつかなかった。数ヵ月前に襲った歴史的な冠水で壊滅的なダメージを被り、文字通りヴェネツィアは沈みきっていた。現地の友人たちを見舞い、水から這《は》いあがろうとしている町の今を見ておきたかった。新型コロナウイルス騒ぎがイタリアで勃発する直前だった。今から思えば、虫が知らせたのだろう。

霙《みぞれ》が降るなか背中にはリュック、両手も荷物でふさがっていたけれど、あの古書店に寄らないわけにいかない。私にとって名所旧跡と同様に、ランドマークのような店であり、旅先や留守宅の安全を祈願しに詣でるところでもあった。

店の入り口横と店へと繋がる路地沿いの合わせて三ヵ所に、ショーウインドーがある。一番大きなショーウインドーには、美術展の図録や写真集など大判で分厚い本が並ぶ。ほとんどが古書だが、なかにはビニールで包装されたままの新刊書もある。在庫処分品なのだろう。どれも装幀《そうてい》が美しく、大きなショーウインドーによく映えて、美術館で名画を観るようだ。ちなみにこの店が扱うのは、〈芸術〉と〈ヴェネツィア〉をテーマにしたものに限られている。

店の入り口横には、内外の研究者の論文を装幀して本に仕上げたものや自治体が編纂《へんさん》した郷土史、ヴェネツィア方言で書かれた家庭料理のレシピ集が見える。店の表の顔を担うここに陳列されているということは、店内の本の海を泳ぎ始める前にまずはこれを、と店主が推す本なのだろう。本文へ入る前に目次に目を通しておく、という感じだ。

路地の突き当たり奥には、細長い壁に合わせてごく小さなショーウインドーが設えてある。ここが曲《くせ》ものだ。佇まいからして、ひと癖もふた癖もありそうな本が並んでいる。判型は大小さまざまだが、おしなべて薄茶色に変色している。書名からは内容が想像しづらいものや、その逆で、本文から抜粋したのか、説明的な書名が数行にわたって記されたものもある。劇的な場面を撮った古い写真が表紙に使われているもの、あるいは書名と表紙の装画が呼応していない本等々。〈どうです、読んでみたくなりませんか?〉と、挑みかかられるようだ。通い始めの頃は、他ふたつのショーウインドーに入りきらなかった本が並べてあるのだろう、とさして気にも留めなかった。

ところがあるとき開店前に着いてしまったことがあり、店主を待ちながらこの棚ぞろえを眺めていてハッとした。そこに並ぶ本は、そのとき世の中で話題になっている事件や現象、人物や場所を拾いあげ、同じテーマのもとにさまざまな時代へと飛び、多角広角で読み解けるように案内しているのではないか、と気づいたからだった。

ふだんヴェネツィアでは、殺人のような重犯罪は少ない。ところが私が店へ寄ったその数日前に、バラバラにされた遺体が運河から揚がるという事件が起きた。早々に容疑者は連行され、外国の犯罪組織の内部抗争だったことが判明したのだが、

〈切断された頭も手も見つかっていないのに、いったいどのようにして身元を割り出せたのだろう？〉

と、記事を読みながら不思議だった。

さらに意外だったのは、住人たちの反応だった。遺体の上がったすぐ近くに私は住んでいて犬の散歩で毎日現場近くを通っていたのだが、捜査のための立ち入り禁止のテープが張られていたのは短い期間だった。さして野次馬が集まることもなく、バールで皆の口に上ったのもわずかなあいだで、すぐに次のニュースに取って代わられた。それは、シチリア島でよくある〈何も見ていないし知らない〉（組織の秘密は何があっても明かしてはならない、とするマフィアの掟《おきて》。オメルタ《沈黙》の掟、と呼ばれる）とはまた異なるものだった。知っていて口を閉ざすのと、もとから興味を持たないのとでは、同じ沈黙でも温度が違う。この一件で、ヴェネツィアで生きていくということがどういうことなのか、かいま見たように思った。

大きな湾の内側に浮かぶヴェネツィアには、外海から人や物資、情報が流れ着いては出ていく。千六百年前の建国以来途切れることなく、干潟に住む人々は、運んでは下ろし積んでは運んで、を繰り返して生きてきた。短時間のうちにできるだけ多く運んで、実入りを増やす。陸に在庫を持たない。あるいは、なるべく保管に手間と場所のかからない荷を選ぶ。たとえ高価な商材であっても、かさ高《だか》くて重いと運搬の手際を乱しかねない。じゃまものは処分しよう。運ぶものなら他にいくらでもある……。

ここの人たちは、遺体の身元も事の顚末《てんまつ》も先刻お見通しだったのだろう。干潟から干潟へと、情報は素早く伝わっていく。重要なことは、信用筋からの直の口伝に限る。湾内の領土に何を運び込むかの取捨選択には、ヴェネツィアの行く末がかかっているからだ。

さてその日そこには、

『盗賊の港』
『小さなニュース』
『ヴェネツィア共和国の牢獄《ろうごく》』
『官僚と船乗り』
『ヴェネツィア方言の出番』
『ヴェネツィア共和国元首《ドージェ》と女性たち』

『中世の海図』

などが、面を出して並べてあった。書名を追うだけで、ヴェネツィアに害悪がはびこっていく流れや処罰の方法、公安とならず者、世情が浮かび上がってくる。〈殺人事件〉という題目を基軸に、時代をさかのぼり国境を越えて四方八方を見回す気分だ。

　三番目のショーウインドーに並ぶ本をたどることは、ヴェネツィアならではの口承の軌跡をなぞることなのではないか、とそのときに思ったのだった。


　今回、書店に寄った話に戻る。

　荷物を提げて店に入ると、奥の本棚前で作業をしていた店主は手を止めて笑顔で会釈し、すぐにまた作業に戻った。黙々と本を平積みにし棚に差す店主の背中に向かって、しばらく日本に行ってくることを告げた。また、冠水で家具や機材など商売に必要な一切合切を失ってしまった菓子店をこれから訪ねるつもりだ、と話した。

「飲食店は、さらに大変だったでしょうね……」

　書店も腰近くまで水に浸《つ》かった。不測の事態だった。突然に風向きを変えた季節風が高潮と重なり、水位を上げた冠水は荒波となって押し寄せ、ヴェネツィアを呑み込んだ。

　その菓子店はナポリ近郊に本店を持ち、ヴェネツィアへ進出してきたばかりだった。商機を狙うには、リゾートの最高峰であるカプリ島でもビジネスの中心のミラノでもなく、ヴェネツィアとされる。中世から商いと情報の中心を担ってきたヴェネツィアは、現在でも商いの豪の者たちの憧憬だ。菓子店も万端の準備を整えてのヴェネツィア進出だった。そこを、未曽有の冠水に襲われたのである。倉庫に備えていた数多《あまた》の在庫もすべて廃棄した。

〈片づけと殺菌消毒、改装をやっと終えました〉

冠水から二ヵ月ほど経って知らせを受けた。

店では南部イタリアの名産品を売っているが、とりわけ人気があるのは生チョコレートとナポリで焙煎《ばいせん》したコーヒー豆だ。

背を向けたまま私の話に低く相槌《あいづち》を打っていた店主は、本棚から薄い冊子を抜いた。『コーヒーとヴェネツィア』と題されたその本の表紙は、ルネサンス初期あたりのものだろうか、古めかしく味わいのある絵画である。ほとんどのページに、モノクロながら絵画が載っている。画家も時代も派も異なる絵画に共通するのは、〈コーヒー〉だ。ページの間からコーヒーの香りが立ち上ってくるようだ。まだ見たことも聞いたこともないヴェネツィアが、そこに収まっていた。文章はほとんどないけれど、説明など必要はない。

ある絵の中では、裾丈のあるたっぷりとしたドレスをまとった貴婦人が、カップを前に小ぶりの円卓に着いている。隣にもうひとり、着飾った婦人が座り、少しあごをあげて給仕の男性を目の端で見ている。テーブルクロスは床に触れ、白い小型犬が行儀よく座っている。

別の絵では、天井近くまである窓を背景に、広い店内には小さなテーブルが並んでいる。カップを手にした人待ち顔の若い女性が独り、座っている。その近くのテーブルでは、ハットに髭を蓄えた男性三人が談笑している。

もう一枚の絵は、劇場だろうか。幕間《まくあい》にホールで大勢の人がシャンパンやコーヒーを飲んでいる。広場の雑踏のようだ。

ヴェネツィアにとって、水の向こうすべてが他所だ。ナポリは同じイタリアでも、異国と同様である。店主がこの本を渡したのは、彼なりの〈時空を超えた旅への案内〉なのか。

「昨日たまたま入ったものでして」

本に見入っている私に、店主は向こうを向いたまま素っ気なくつけ足した。

褐色を日本語では〈茶色〉と総称する。十三世紀から十五世紀にかけて、染色に使われていた茶の葉の煎じ汁の色に由来するという。茶の色は緑色、という印象があるかもしれないが、緑茶を生む乾燥技術が生まれたのは後世になってのことだったので、当時飲まれていた茶の色は黒みがかった褐色だった。染める原材料の名前がそのまま色の名前として使われることが、日本でもイタリアでも多い。〈コーヒー色〉も、同じ〈茶色〉の色調のひとつだ。茶色には、雑事を忘れさせ束の間の安らぎを与える優しさがあるのだろうか。各地で使われる色の名前から、土地の人々の五感と自然との関係が透けて見えてくる。

イタリア語では、茶色をまとめて〈栗の色《マルローネ》〉と呼ぶ。ゲルマン語の茶色（ブラウン）を語源とする〈ブルーノ〉を使うこともある。他の色と同様に、茶色も多数の色調に分かれている。イタリアの景色の中のさまざまな茶色を思い浮かべてみる。

土。木の枝や幹。肌。焦げた鍋底。革。ビスケット。クルミ。馬。淦《あか》。雨に濡れたレンガ。錆《さび》。髪。コルク。シナモン。蜂蜜。セピアインク。豆。

そして、チョコレート。

でもやはり、コーヒー。

私にとって初めての外国はイタリアで、ナポリへ直行した。ローマ空港からナポリまでの道中の記憶が飛んでいるのは、緊張とうれしさで息をするのも忘れるほどだったからだろう。ナポリ中央駅の構内に降り立つと、頭上でファンファーレが鳴ったような気がした。いくつものプラットホームが横に並び、発着を一度に見渡すことができ圧巻だった。笑い声。泣く子ども。楽しそうなおしゃべり。スーツケースを引く音。「気をつけて《アッテンツィオーネ》！　そこ、通りますよ！」。清掃車が行く。低い声で怪しげに「タクシー、タクシー」。抱き合う二人。

喧騒に囲まれて立ちすくんでいると、コーヒーの匂いが漂ってきた。匂いをたぐり寄せるようにして行くと、駅の入り口にあるバールに着いた。店内は大混乱だった。大勢の客が、あちこちからカウンターに向かって手振り身振り付きでいっせいに注文を叫んでいる。

「ウン・カッフェ！」

と、何人もが叫ぶ中、

「ウン・リストゥレット（コーヒーを濃いめに）」

「カップッチーノ。ぬる目で」

「泡を立てずにカップッチーノを入れてくださる？」

多様な注文が飛び交う。五、六人いるバールマンは少しもたじろがず、笑みまで浮かべて客とやりとりをしながら、どんどん注文をさばいていく。イタリアで〈コーヒー〉とは、エスプレッソコーヒーを指す。高圧をかけて、細かく挽《ひ》いた粉から一気に成分を抽出するのが、エスプレッソマシンである。コーヒーが出てくる抽出口の数だけ注文が出そろうのを待ってから、直前にカップ分相応の豆を挽く。ホルダーに粉が水平になるように均《なら》し押してセットし、その手でドリップトレイの上にカップをずらりと並べて、クワーッ。同時に抽出し、受け皿に小匙を添えて、「どうぞ」。その間、一分とかからない。客のほうももたついてはいられない。おいしくコーヒーを飲むのは熱いうち、だからだ。

ナポリはエスプレッソコーヒーの聖地、と言う。しかも駅構内のバールである。コーヒーの玄人の中へ飛び込んだ、見習いのようなものだった。私は、教科書で覚えた〈ウン・カッフェ・ペル・ファヴォーレ（コーヒーひとつ、お願いします）〉を心の中で復唱し、さあ、と注文しかけると、

「コーヒーですね？」

バールマンは言いながら、もうカップに注いでいるのだった。

あの最初のひと口を忘れない。

「最初、水もナポリから持って来ようかと迷ったのですがね」

『コーヒーとヴェネツィア』を抱き締めるようにして喜んだ菓子店主は、今朝焙煎したところ、というコーヒー豆に目をやりながら笑った。

ヴェネツィアで建物に手を加えるには、越えなければならないいくつもの難関がある。イタリアには古代からの遺跡が町中に現存し、もし瓦解しても原状回復が原則で新しく建て直すことはほぼ不可能だ。内装だけの改築であっても、厳しい文化財保護法に従わなけ

ればならず、自治体と国の文化財・文化活動省からの認可を受けてから工事へ進む。建物が古ければ古いほど特殊な技能や知識が必要となり、工事に携わる業者も限られる。時間と根気と知識と経済力、そしてやはりコネは必要だ。近道を見つけるのは難しく、たとえ自分が住む家であっても断念する人が多い。

それをこの菓子店はやってのけた。建物の一階二階のすべてを借り上げて改築し、加えて倉庫には食料保存の許可も得た。ひとつだけ、申請にすら手を付けなかったのが、〈カッフェ〉の営業許可だった。コーヒーの豆を売り、ビスケットやチョコレートの量り売りもする店なのに、その場でコーヒーを試飲できないのはどうにも惜しい。甘味や粉のものを口にすれば、苦いコーヒーで後味を締めたくなるものだろう。

「同じ豆で淹れても、ナポリで飲むような味が出せるわけではありません」

水が違うのだという。澄んだ〈おいしい〉水ならばいいというわけでもないらしい。天然水にも水道水にも、土地によって軟硬の差がある。人工的にナポリの水と同じになるように調整しても、

「コーヒーは言うことを聞きませんからね」

水が合わない、ということか。

「それに、水絡みの商売は土地土地のしきたりのようなもので成り立っているでしょう。

代々の顔役もいます。新参の他所者が、好き勝手に領分を侵してはなりません」

『コーヒーとヴェネツィア』……。

後ろ向きで話を聞きながら、静かにこれを差し出した書店主の深意を解いた気がした。


ヴェネツィアの諸々《もろもろ》を思い出しながら紙の山を動かしたり崩したりするうちに、ようやく机の下にたどり着いた。埃を払いながら積み直す。〈いずれ必ず調べる〉はずだった山から、まったく記憶にない本や書類が出てくる。掘れば宝に当たる感じだ。ページを繰っては〈こんなに面白そうなことが!〉と嬉々《きき》とするものの、〈生きているあいだにはもう調べ尽くせないだろう〉と、寂しくなる。茶色にくすむ一角があった。表紙がどれも茶系なのだ。菓子店へ贈った本と合わせて買った、コーヒー関連の本である。トルコのイスタンブールに最初のティールームができたように、西洋で初めてのカッフェはヴェネツィアにある。調べるつもりで、たくさんの本が積んだままになっている。開くと、印刷インクや紙に沁み付いたタバコの甘くて古めかしい匂いがする。たちまち見知らぬ人の書斎へと空想が飛ぶ。

〈そこでじっとしていないで、ほら〉

店主が誘っている。

手に取った本は、表紙いっぱいにコーヒー豆が広がり、その上に置かれた麻袋に『コーヒーの香り』と書名が書いてある。

〈コーヒーは知性に火を灯《とも》し、人を思索へと誘《いざな》う……〉

本の袖に書いてある紹介文を読み進めようと折り返された帯を開いたら、白い紙切れがひらりと落ちた。横四、五センチメートル、縦二十センチメートルくらいの紙は、何かをコピーして切り抜いたものらしい。太くて黒い横線が天と地に入っている。よく見ると、新聞の訃報欄を拡大したものだった。

〝夜の帳《とばり》が下りる前に明々と照らした火〟

と、冒頭にある。その下に、太字で男性の名前があった。『コーヒーの香り』の袖の文が言う、〈コーヒーは知性に火を灯し〉と繋がって読める。その下には二十行あまりにわたって、遺族や友人たちが大切な人を失った悲しみと偲《しの》ぶ言葉が並び、亡くなった兄に代わって妹が、看取った医師や看護師に謝辞を述べているのだった。紙切れの裾には、紙の幅いっぱいに〈御礼〉と書かれて黒線で囲ってある。

記載された介護施設は、私の住んでいる同じ干潟にある。出入り禁止の修道院と地続きにあり、修道女が看護師を務めるはずだ。離島の奥にある、手入れの行き届いた中庭と白い低層の建物を思い出す。この地にあって、すでに天国、というような場所だ。

私がこの本を手に入れたちょうど一年前の日付とともに〈ヴェネツィアにて逝去〉と、一番下に記されている。それを見て、七十ページほどの薄い本が途端にずしりと重たくなった。

〈誰かが何かを言いたかったのに違いない！〉

茶色の本に背筋がゾクリとしたのは、怖いからではなかった。どこかで繋がるかもしれない不思議な縁を感じたからだった。たぐり寄せることができたら、と興奮して震えたのだ。霊感や迷信、心霊や怪奇現象の類いは私は信じない。でも、山ほどある本や資料の中からたまたま引き抜いた本から出てきた紙切れには、不思議な魅力があった。異界からの連絡かもしれないと考えれば、疫病騒ぎで淀んだ日常生活の刺激になるだろう。自由を奪われふさいでいる私に、本に乗ってはるばるヴェネツィアから、〝夜の帳が下りる前に明々と〟火を照らしに来てくれたのかと思うと、『コーヒーの香り』が長編ミステリー小説に思えてきた。妄想の旅の始まりだ。

ふだんから調べもので行き詰まることがあると、必ずヴェネツィアの古書店主に連絡をする。この一件は店主から誘いを受け取ったも同然だ。

〈仕入れ元を覚えていますか？〉

早速、彼の携帯電話へメッセージを送った。『コーヒーの香り』の書影と挟まっていた訃報の拡大コピーの写真も撮って送った。

　古書店は今の店主が四代目で、そこそこの歴史がある。先代である父親も知っているが、穏やかで誠実な人だ。他人の言うことに簡単には迎合しない一徹さがある。そういう人柄が信頼されるのだろう。ヴェネツィアの名家が家を改築したり畳んだり引っ越ししたりするときに、書店の父子は呼ばれて立ち会っている。古都なので、数世紀にわたり収集した蔵書を持つ一門も多い。書棚というより図書室である。蔵書の処分を任されることも多い。蒐集家《しゅうしゅうか》に繋げることもあれば、自分たちが引き取ることもある。

「片づけ屋のようなものです」

　どこの引っ越しに立ち会うのかは教えてくれないが、数日して店へ行ってみるとショーウインドーが総入れ替えになっている。

　店主から、〈仕入れ元はよく覚えていませんが〉という一文とともに、訃報に列記された人たちと故人の関係についてのメモが返ってきた。そして、

〈今度、ヴェネツィアのカッフェ《喫茶店》に詳しい人をご紹介します。待ち合わせは、たとえばここで〉

　と、ヴェネツィアの郷土菓子の老舗《しにせ》の名前とともにメッセージは締められていた。

　口いっぱいに干潟名産のビスケットとエスプレッソコーヒーの味が広がる。

［金］

さみしいクリスマス

二〇二〇年一月、イタリアで新型コロナウイルスの感染者が出るや、たちまち全土へと感染が拡大し、各地で医療崩壊が起きて深刻な事態となった。まだ春の浅い三月から約三ヵ月間にわたり外出禁止令が発令され町から生活の証が消え、まるで戒厳令が布《し》かれたようだった。食品の買い出しにすら自由に行けない。犬の散歩も玄関から片道二百メートル以内に限られた。映画館や劇場、スポーツジムもそして公園までもが閉鎖され、人々は息を潜めて屋内に籠った。それでも疫病の猛威は収まらなかった。弱い者からウイルスに次々と倒されていき、看取ることも許されない。恐ろしい白昼夢の中にいるような毎日だった。

それでも六月になると感染者数が減少する兆しが現れ、ようやく外出禁止が段階的に解かれていった。イタリアだけではなくヨーロッパの大半が、同じような状況にあった。この先どうなるのか、誰にもわからなかった。ただひとつ確かだったのは、やってくる夏を前にこれ以上人々を屋内に閉じ込め続ければ、世の中が病んでしまうだろうということだった。いったん壊れてしまうと、人の心は容易に元には戻らない。ワクチンの開発と治験のただ中だったが、統治者たちは恐る恐る見切り発車を決めたのである。

そして、とびきりすばらしい夏が来た。やっと遠くまで行ける。会いたい人に会い、見知らぬ人と出会って新しい関係が始まる。見失っていた自分と会う。喧騒と雑踏が、こんなに人間らしくて愛おしいものだったなんて。

やっと戻ってきた〈普通〉を特に満喫しようとしたのは、若者たちだった。次の時代に向かって弊害退治に向かう勇者、という気構えもあったのかもしれない。活気を取り戻し、マスク越しにも弾む気持ちが伝わってきた。慎重を期しながらも目一杯に夏を謳歌《おうか》する様子を見て、本来人間に備わっている底力で疫病に勝てるのではないか、とうれしかった。金色の太陽が、皆の健闘を称《たた》えるメダルに見えた。

そして、秋。音もなく降る冷たい雨の中、世界のあちこちでまた感染者が増え始めた。ワクチン接種の実施までには、まだ時間がかかる。せっかくの新学期が、子どもたちの溜め息で沈んだ。そして、再び休校。

今どこで誰が罹っているのか。誰からうつったのか。十四日前のアリバイ探しが始まり、人が人を疑い、隠蔽《いんぺい》や改ざん、差別や暴言、いじめや暴力が、壁のひびからじわりと沁み出してくるようだった。〈友だちの友だちは、みな友だち〉で拡大し続けてきたソーシャルネットワークが、〈近づきたくない人〉の探知機に変わってしまった。ありのままを認め、多様であることのすばらしさを称えるのがイタリアの最高の特質だったはずなのに、歩調のそろわない社会を認めない空気が次第に流れ始めた。

五里霧中を独り手探りで進むのは怖い。でもどうすれば迷わず出口に近づけるのか、誰にもわからない。あと少し辛抱すれば、家族がそろうクリスマスがやってくる。もう独りで怯えなくても済む……。

〈ふだんから顔を合わせている、同じ自治体に住む近親者だけで集まり、祝うこと。会っても、必要以上の接触は避けること〉

クリスマスを目前にしたある日、政府は国民に通達した。世界のどこにいても、母親のもとに家族が集まるのがクリスマスの食卓だ。憎しみや争いごと、誤解や疎遠《そえん》を詫びてご破算とし、一年を平和に終い穏やかな始まりを迎えるための祝祭である。他を慈しむ気持ちが最も必要とされているときに、この通達は残酷で容赦なかった。疫病は、家族で祝う自由まで奪ってしまった。それは、互いへの慈愛を否定するような、イタリアの核心を砕くに等しいことだった。

「自由と対話を失い、独りぼっちで、他者を疑い、憎んで生き延びるだなんて、何が人生なのでしょう?」

二〇二〇年のクリスマスに、ヴェネツィアの大学生から受け取ったメッセージに胸が詰まった。別の友人は携帯電話を持ってクリスマスイブの深夜に独り広場に立ち、教会の鐘の音を聴かせてくれた。携帯電話の画面に映し出される建物を見ながら、窓の灯《あか》りの向こうにあるクリスマスをひとつひとつ想像した。

「ヨーコ、ロックダウンでもサンタさんは来られるの？」

リモート通話の画面越しに問うた幼い子の、あの目を今も忘れない。

「どうせ籠らなければならないのなら、景色のよいところで閉じこもってくるわ！」

政府からの通達のすぐあと、ミラノのリナから勢いよくビデオ通話がかかってきた。いつもからりと前向きで、七十近い年齢を少しも感じさせない女性だ。コロナ禍に伸びた髪をひとつに束ねて、自宅にいるというのに大きなピアスをしている。クリーム色の薄手のセーターに黄金色のスカーフを合わせ、頬にシルクの照り返しを受けていっそう華やかに見える。

全寮制の高校に在学中に一学年上の生徒と恋に落ち、卒業を待たずに結婚したと聞いている。今、リモート通話の画面越しでも匂い立つような魅力である。女学生だった頃は、輝くような美しさだったのではないか。

リナも夫も、名門一族の出身である。知識や学歴は人生の飾りで、仕立てのよいスーツやオートクチュールのドレスが映える容姿と馬で駆ける優雅さ、弱者救済や環境保護のために寄付を募ったりボランティア活動に関わったりしていれば、あくせく働くこともなく安泰な一生が保証されている。

第二次世界大戦後、イタリアでも貴族制度は廃止され称号も特権もなくなった。しかしそれはあくまでも表向きのことであり、実際には現在も儀礼的な称号として貴族を名乗ったり呼ばせたりしている。国内外の各地に所有していた土地も、そこを利用して営まれる事業も、国に返還され国民に分割されても、現実にはもともとの所有者である名家に利益が還元されるような仕組みが残っている。西洋そのものを成してきた階級制度を、政治や倫理だけで分解したり改変したりするのはたやすくはないだろう。いくら悪弊とされても、結局は長いあいだなじんできたものに巻かれたほうが楽、ということもある。自由や平等を全員がわがものにするには、多大な犠牲と苦労、時間が必要なのだ。

情熱の赴くままに結婚したリナには、十代のうちに産んだ息子が一人いる。称号の付くような家では、実母が子どもの世話をすることは稀だ。乳母に始まり、家事全般の手伝いが数名付いて新生児の頃から世話にあたる。たとえ母親に時間や気持ちのゆとりがあっても、子育てには関わらない。授乳も離乳食も、寝かしつけたり散歩に連れて行くのも、夜泣きに付き添うのも他人が行う。

さらに、衣服や寝具、食器、インテリアから玩具に至るまで、一貫して家ごとに代々伝わる趣味がある。嫁いだ者は、それを守らなければならない。血統が模倣できないように、家ごとの気配も他所者があとから刷り込めるものではない。厳然と存続する生活様式を守るのも、貴族教育だろう。

生まれたばかりの子どもに夫婦の暮らしが引きずられることはない。それまでと同じように二人で旅行をし、観劇やコンサート、テニス、乗馬、ゴルフを楽しむ。その多くは、つき合いのある名門一族が何世紀にもわたって会員だったり所有したりする場所だ。複数の会員からの紹介がなければ使えない。つまりサロンだ。〝雑種〟とは交じらない。ひどく選民的だが、それで世の中の秩序が保たれているようなところもある。実は中の彼らも、外界の冷水を浴びて生き延びていくのは難しいだろう。


誰もがうらやんだリナと夫の関係は、幸せの頂点だったはずの息子の誕生を境に、少しずつ軋み始めていった。本家の第一後継者として生まれた夫は、自分にも跡継ぎが生まれて一番重要な任務を果たしたとほっとしたのかもしれない。連日華やかな予定を入れ、ほとんど家で過ごさない暮らしへと変わっていった。もちろん妻を伴ってのことである。若く輝く妻は、彼の自慢の資産だったからだ。

新しい席へ出かけていくたびにリナは服を仕立て、装飾品をそろえ、食卓や茶の席に花を添える話題を準備した。夫の家に先代から勤める侍女に付き添われて、「イブニングドレスはここで」「ヨットでのバカンス支度にはあの店です」と、代々つき合いのある仕立て屋を教わり、各店付きの靴工房で手縫いの靴やバッグを注文した。自宅へ客を招く年中行事や祭儀に備えて、出入りの美術商に絵画や彫刻を手配させて居間を飾った。「クリスマスの宴席には、この料理長が適任でしょう」「夏の結婚披露宴は、あそこの中庭で」と、一族の味を守ってきた厨房を訪ねた。

リナも幼い頃から慣れた世界ではあったけれども、自分の実家の格との釣り合いを保ちつつ、夫の家に新しく加わった一員としての自分もアピールしなければならない。買い物や外食三昧《ざんまい》は傍目《はため》には金持ちの道楽に見えるが、自分の存在価値を懸けた重い任務だった。

夫は、息子を連れて各地を旅行するのを嫌がった。若すぎたこともあるだろうが、父親としてよりは本家を担う新世代のホープとして、あるいは魅力的な男性として自分だけを誇示したかった。生まれてからずっと、一身に周囲の愛情と憧憬を集めてきた。自他ともに認める、上流社会の貴公子だった。ところが世間は、若くて美しい妻と息子に注目するようになった。蚊帳《かや》の外に置かれた気分だった。自分から称賛と妻を奪った息子に、夫は無意識のうちに嫉妬するようになったのかもしれない。

たとえ称号付きの身分の決まりごととはいえ、産んだばかりの子を抱けないことが辛《つら》くない母親などいないだろう。

「せめて自宅にいるときぐらいは、息子のそばにいてやりたい」

何度リナが頼んでも、夫は聞き入れてくれなかった。食事はすべて夫婦二人きりの外食でなければ、ひどい癇癪《かんしゃく》を起こした。朝のコーヒーを淹れようとリナがベッドを出るのすら、いい顔をしなかった。クリスマス前に教会が主催する寄付金集めのバザーには、各家の婦人たちが伝承のレシピで菓子を作って集まる。慈善事業という名目での、密かな〈家自慢〉である。リナも高校の頃から欠かさず祖母から習ったビスケットを出品してきたのに、

「水仕事などしなくていい」

と、バザーよりコンサートやパーティーの予定を組まれてしまうのだった。

子どもが小学校に上がる頃、「オーストラリアで新事業を立ち上げてくる」と言い残して、夫は出ていってしまった。すでに夫婦別々に行動することが増えていていっしょにいてもろくな会話もなかったので、突然夫が出ていってもリナは驚かなかった。親族一同で経営

する投資会社を通じて夫の近況をときどき知らされたが、本人からは一度も連絡はなかった。リナも捜さなかった。夫がいなくなっても暮らし向きはなんら変わらず不便はなかったし、そもそも夫に対してもう何の感情もわかなかった。むしろ、いなくなってほっとしていた。

夫婦間のもつれは珍しいことではないが、名家ともなると夫婦双方の家を巻き込んで事情は複雑になる。結婚する際に永遠の愛情を誓うと同時に、夫婦共有の財産は持たないことを法的な誓約書にまとめる。新居に始まり別荘や島も、自家用車やヨット、家具、美術品、ゴルフやテニスクラブの会員券、血統証明書付きのサラブレッド、そして銀製のカトラリーに至るまで、財産リストの対象となる。名家どうしの結婚が意味するのは、愛情の結実より資産に新しい流れと価値が生まれることだからだ。結婚と同時に離婚も見通しておく。縁の切れ目は、財産の清算だ。もめずに分割できるように、資産の名義を明記しておくのだ。

離婚時に係争となるのは、親権である。経済的な事情や心身の適正能力に問題がない限り、未成年の子の親権は母親が持つとされる。法的には、息子も娘も同等に親の資産を相続する権利がある。離婚しても、親権を持つ親は子どもが成人するまで経済的に保証されることになる。将来、一族の管財を担う跡継ぎを養育する代償とも言えるだろう。あるいは、先行投資のための積立預金のようなものと言えるかもしれない。

由緒と資産のある家どうしでは、結婚も離婚も契約だ。締結した条件を不履行にはできない。家の名誉と品格に傷が付くと、結果、資産価値も落ちる。

「息子は、家のために長期出張して働いているのだから」

夫の両親は、荒立てるようなことではない、と離婚せずそのままの生活を続けるようにリナに命じた。二人の結婚生活が破綻したことは〈サロン〉の中の人々はもちろん、世間で知らない人はいなかったが、リナには世間体などどうでもよかった。この籠から出なければ、何も変わらないのだから。

「あなたも好きなようにしていいのよ」

ある日、姑《しゅうとめ》から鍵を渡された。一族が所有する丘陵地に建つ田舎家のものだった。かつて荘園《しょうえん》だった広大な農地の中にあり、誰の目にもつかない。自由に楽しみなさい、という贈り物だった。リナは、やっと二十代半ばという若さだった。

毎年、夫はクリスマスには帰国した。同族会社の会議に参加するためだった。年度末の総会で資産の現況を確認し、翌年度の運用方法を決める。使えば使うほど、金融機関は喜んで貸し付け額を増やしてくる。担保は、世界各地の一級の不動産や表舞台に出てこないような希少な美術品だ。値崩れの心配はなく、あらかじめ資金力が豊かで確かな売買の筋も決まっている。万が一、先走りして欠損を出すことがあっても、それは一時的なことだ。一族とサロンの仲間が手を貸し、雑多に介入されないように穴を補てんするので、結果、赤字すら一族の財産へと繋がるのだった。

金が金を生む。一族の地位と資産と特権は、これからも揺るぐことはないだろう。

数世紀前に先祖が建てた屋敷に、リナと息子は住んだ。夫も舅《しゅうと》も、代々の本家直系の後継者が生まれ育ってきた建物である。一族の歴史は、そのままミラノの歴史だ。建物は、重要文化財でもある。周囲には分家が住んでいる。ちょっとした城下町だ。本家の屋敷はいくつかの棟に分かれていて部屋数も多いので、夫が帰国しても顔を合わせることはなかった。

息子は物心がついてから、父親と長時間を過ごしたことがなかった。父親に抱かれたことも、優しい言葉をかけてもらった記憶もない。年に一度クリスマスに帰ってきても、家族で顔を合わせるのは親族一同で記念写真を撮るときだけだった。リナと夫は息子を真ん中にして、作り笑いと正装で並んだ。

夫は父親になることは拒否したけれど、事業家としては年々成功を重ねていった。そして、男性としても。季節ごとに異なる相手を伴って、いまだに男性優位主義のサロンの花形であり続けた。

そろそろ息子が成人する頃だったか。リナと婚姻関係にあるまま、夫は遠い大陸で新しい相手と暮らし始めたようだった。ヨットの甲板でTバックのビキニ姿の女性に寄り添う夫の写真を載せたゴシップ雑誌が、冬の朝、屋敷の玄関に投げ込まれ、それを見てリナは知った。ビキニから大きくせり出したお腹で笑っている女性は、自分とよく似ていた。高校生だったあの頃の、やっと十代半ばという年齢も、無邪気な様子も、こぼれんばかりの若さと美貌と肢体も。

妬みや悔しさはなかった。新しい女性といようがリナには今さらどうでもよいことだったが、夫に新たに子どもが生まれて認知されるとなると、話は別だった。本家を継ぐ者の地位と特権と財力は、本妻であるリナが産んだ息子だけのものだ。

〈その息子を守る自分も、誰からもじゃまされてなるものか〉

「これであなたのお役目もおしまいです。長いあいだ、ご苦労さまでした」

息子の成人の祝典の直後、本家の広間に集まった親族の前でいきなり姑から告げられた。決定事項の一方的な通告であり、反論する余地などなかった。同席した公証人から、すかさず離婚に際し分厚い覚え書きが渡された。一族の名誉を毀損《きそん》するような行動を禁じ、結婚生活のあいだに増えた資産については分割先の名義が記されてあった。ドレスや宝石はリナ、不動産や株は夫というふうに。

跡取りとして、リナの息子が一族の資産を相続することは変わらない。その条件として、あらかじめ親族会議で決められた進学先である法学部か経済学部を修了し、その後はサロン繋がりの会社で数年間勤めることが決められている。修行期間を終えると、一族の会社の幹部としてポストが用意されているのだった。引き継ぐ資産を運用し増やすのが、息子に与えられた一生の仕事だった。

渡された覚え書きの最後のページに、〈別途〉として一行がつけ加えられていた。

〈本家屋敷の別棟の最上階は、リナさんに貸すことも可能〉

屋敷から切り離し、独立した不動産としてその空間を登記した書類が、見取り図とともに添付されていた。

「不要になった物を放り込んでおくといいわ」

嫁いできたとき姑が微笑みながらリナに鍵を渡した、かつての屋根裏だった。大昔、そこで小間使いが寝起きしていたこともあった。

あれからもう数十年になる。とうに夫の両親は他界し、数年前には夫も急逝してしまった。それでも初老のリナは腰をかがめながら、斜めに天井が下がる屋根裏に独りで暮らし続けている。彼女の凋落《ちょうらく》ぶりは離婚直後から周知のことだったが、表向きにはリナの暮らしはずっと変わっていない。それまでと同じ玄関を入り、本館の中央にあるエレベーターで最上階まで上がる。異なるのはその先だ。廊下の突き当たりの扉を開けると、そこからは狭くて急ならせん階段が待っている。

実家は兄が継ぎ、離婚した彼女が戻れる場所はなかった。それに、慣れた町の中心での暮らしから離れることなど、無理だった。慈善事業や買い物、歓談なら自信はあったが、仕事に就いたことなどなかった。現金収入を得るために、どうすればいいのかさっぱりわからなかった。リナは、嫁いできたときの持参金と宝飾品を売却して得たお金を崩しながら生きた。息子が一族の会社に交渉して、〈屋根裏と別荘の管理人〉としてリナにわずかだが給与を支払うようにし、交通費も必要経費で工面した。住まいである屋根裏と一族が所有する海と山の別荘に滞在する期間にかかる費用は、職務のための必要経費とみなされ賃貸料と相殺されて、なんとかこれまでやってこられた。

さばけた気性は、美貌としゃれた会話、趣味のよさと合わせて、若い頃からのリナの魅力だ。かつて夫名義で会員だった乗馬やテニスクラブには、資格を失ってしまった今でも顔パスで入っている。昔のようには新調できず時代遅れのファッションのままでも、リナが着ればレトロファッションのモデルのようで、同年輩ばかりか年下の男性までが魂を抜かれた。最初はひと晩だけの冒険のつもりが、週末ごとの逢引《あいび》きへと発展し、やがて相手の男性がクリスマスを家族と過ごしたあと、隠れ家で落ち合って年始を迎える間柄になった。不足のない人生に退屈しきっている男性は、サロンにいくらでもいた。

「コロナでずっと行くことができていなかったスイスの山荘をまず見回り、その先は感染の状況次第でしょうね。ビジネスジェットのお迎えがあれば、プライベートアイランドにでも飛んでもらおうかしら」

ビデオ通話の画面の中で、リナは左薬指の指輪に触れながら、少し鼻を上に向けて笑っている。

指輪を触るのは、彼女がさみしいときの癖だ。金の結婚指輪の内側には、婚姻の日付と逝ってしまった夫の名前、そして一族の紋章が刻まれている。

「外すと、自分の生きてきた意味が消えてしまうようで」

暮れて、明ける

［白］

この冬こそイタリアに戻るつもりだったけれど、昨年末から世界各地で新たな変異株のウイルスが感染拡大し始めて移動が不確かになり、見送ることにした。予定は未定のまま放って置かれ、相変わらず一向に出口の見えないトンネルの中にいる。

それでも日本で年末年始を迎えるのは久しぶりで、大掃除やおせち、年越し蕎麦《そば》と除夜の鐘、振袖で初詣や年賀はがきに、「お年玉もらった!」。見聞きするどれもこれもが懐かしく、うれしい。喪に服す便りを受けて、ともに過ごした時間を思い返し、自分のこれからを考える。

この数十年ずっと、冬はイタリアで過ごしてきた。クリスマスから元日にかけてのイタリアは粛々として、でも優しい空気に満ちている。現世の光景とは思えないような美しさは、何度経験しても見慣れることがない。町の大通りや広場、山奥の村の小径《こみち》にも、波止場の船や路面電車までもが、祝いの灯りをまとう。無数の小さな光に包まれて歩いているうちに、自分がどこにいるのか次第にわからなくなってくる。けっして照らしすぎることがないライトアップはまた、それまで目に留まらなかったイタリアの暗がりも見せてくれる。

「『陰翳礼讃《いんえいらいさん》』(谷崎潤一郎)です」

ずいぶん昔になるが、ミラノ工科大学建築学部の教授だった友人に愛読書を尋ねると、すかさずそう答えた。一九八〇年代イタリアンデザインが、向かうところ敵なし、という創造のエネルギーで満ちていた頃だった。自動車やファッションに続いて、特にインテリアデザイン業界には続々と新しい才能が現れ、モノ作りの職人魂と技を誇るメーカーがどんどん形にしていった。メーカーといっても親方と弟子が働く昔ながらの工房のような小規模のところが多く、でもそれがよかったのかもしれない。新しい試みを即決し、臨機応変に試していくことができたからだ。そういう小さな力をイタリアはないがしろにしなかった。数字の大きいほうが勝ち、という今日では実現が難しい企画でも、それならわが手でものにしてみせる、と皆、意気込んで働いた。熱い時代だったのだ。

そうした風潮を受けてミラノ工科大学でも、設計図を引く技能だけに留まらずにイタリアのモノ作りの魂も伝えよう、と試みていたのだと思う。

イタリアには現在でも、古代ローマ時代からの建物や道、広場や橋梁《きょうりょう》が共存している。今を生きながら、各時代の暮らしを3Dの図鑑で見ているようなものだ。すべての空間は、そこで生きてきた人そのものである。過去は現在の手本であり、また反面教師でもある。

「人のいるところには、匂いが漂い音がする。美術品や家具、生活雑貨もすべて、主《あるじ》の人となりを表す空間を創るものです。タニザキ・ジュンイチローは、暮らしの中の陰が持つ意味までを教えてくれました」

自分は照明器具の造形デザインばかりに気を取られ、そこに生まれる光の意味を考えるのを後回しにしていた。あかあかと照らすだけが照明器具の役割ではない。灯りを点《つ》ければ、影が生まれる。照らしてみて初めて気づく、闇の存在がある。

イタリアでの毎日は、白黒をつける場面の繰り返しだ。他愛ない世間話にふとしたことで火が点いて、舌戦が繰り広げられる。話題はサッカーだったり政治だったりとさまざまだが、弁舌の熱さに差はない。それぞれに言い分があり、誰も簡単には引き下がらない。つい曖昧な受け答えで流していると、隙を狙って突き崩される。論争は一度炎上すると、簡単には鎮まらない。そこへ分け入って、「ここは穏便にすませましょう」と、言ったところで通らない。白でも黒でもないグレーゾーンは逃げだ、と思われている。〈燃え尽きたらどうせ皆、灰になるのに〉と、私は心の中で思いながら、収束するのを待っている。

「僕もこれまで、論理的に白と黒を見極める能力を身に付けようとしてきましたが、〈どちらでもいい〉〈どちらでもない〉こともあるのだ、とタニザキの本で知ったのです」

イタリアの家庭を訪ねると、居間の棚やサイドボードの一角にいくつもの銀製の置物が並べてあるのを目にする。結婚式の引き出物や子どもの誕生祝いにもらった銀のスプーン、セピア色に変わった両親の写真を入れた銀製の額など、細々したものが飾ってある。古臭いようだが昔からのしきたりを守りたい人は多く、今でも結婚や新居祝いの定番は、銀製のカトラリーやトレイ、皿だ。そういうわけでたいていの家庭に、何かしら銀製のものがある。

銀は時間が経つと黒ずむ。定期的にそれらを磨きあげるのが、大切な家事のひとつになっている。家族への思いを確かめる儀式のようなものかもしれない。手間のかかる作業で、家事手伝いを雇っている家では、銀を磨くための日を決めているほどだ。

「ところがどうです？　タニザキは、〈磨かず黒ずんでいく銀に、時の移ろいを味わう〉と説いているではありませんか」

躍起になって、黒を白に磨き上げなくてもいい。なるべくしてなる、と、受け入れる。中間にこそという価値もある、と読んで、友人はこれまでの自分なりの美学を見直したのだった。

光と影のことを考えているところへ、携帯電話にメッセージが届いた。ヴェネツィアの

大学生からで、

〈突然、霧が晴れたので〉

続いてビデオ通話がかかってきた。明るい緑色に白い絵の具を混ぜたような色の運河に、薄紫色に塗られた木造船が浮かんでいる。ヴェネツィア特有の、船底が平らで幅の狭い船型で、船尾から船首まで十四、五メートルはあるだろう。六人の船乗りが一本ずつ、三メートル近い長さの木製オールを持ち、左右交互に振り分けて水に入れ、立ったまま漕ぐ。船の内側は、はぎ合わせた板がむき出しになっている。ゴンドラを無骨にした感じだ。貨物船として使われてきたので、積荷で揺らがないように船体はがっしりとして重い。

陸の町での自動車と同様、ヴェネツィアの島々の住人たちは自家用船を持っている。ほとんどが小回りの利くエンジン付きボートで、車で言えば駐車場にあたる、運河沿いの係留杭に繋がれている。

今、大学生たちが漕いでいる船は貴重な伝統船なので、大きく重くても乗り終えると都度、水から引き上げられる。離島の北端にある専用の大きな倉庫は、蚕棚のように数段に船が置けるようになっている。しかし木造船は水から上げたままにしておくと、乾いて亀裂が入る。守るためには、ときどき水に戻してやらなければならない。船は海の生き物なのだ。水位が下がる夏も、零下まで冷え込む冬でも、こまめに進水させる。一人では操れないので、進水するには常に数人の漕ぎ手が必要だ。人数がそろっても、漕ぎ手どうし息が合わないと船は進まない。

動画を送ってきた大学生は、名漕ぎ手として知られた老いた船乗りを親方として六人でチームを組み、三艘《そう》の伝統木造船を順々に漕ぎ回し、メンテナンスを手伝っている。疫病で町も人の心も閉ざされたこの二年、運河の木造船の往来も途絶えた。船はヴェネツィアの生命線だ。建国して千六百年になる、世界随一の海の国の歴史の証人である。漕いで、人と荷と情報を届ける。伝達の手段と精神を守り次の世代へ伝えよう、と大学生たちが集まったのである。

ヴェネツィア本島内の水路や運河の水深は、浅いところだと大人の腰まであるかどうかで、大運河《カナール・グランデ》でも二メートルに及ばないところが多い。浅瀬であるうえ、内海の底には何世紀にもわたってヘドロが堆積している。底があってないような。潮の流れに応じて、内海の水深はめまぐるしく変わる。緑色の水は不透明で、水中の様子はわからない。ところが代々干潟で船を漕いできた名手たちは、水を掻《か》きながら瞬時に変化を見極めて航路を決めていく。オールは彼らの腕の延長で、水からの返しを感じ取っては、半歩余分に踏み出したり止まったりして船を操る。一見すると内海は穏やかなようだが、水中の地理は刻々と変化する。干潟の海図があっても目安に過ぎない。知り尽くすのは不可能だ。

「風を聴けよ！　おう、これなら今日は見られるかもな！」

画面の中で親方が甲高く叫んでいる。オーケイ、と大学生船乗りたちは返し、オールを差し込む角度と漕ぐ速さを変え始めた。船は舳先を大きく外へ向けると、曲線を描きながら左へ方向転換し、外海からポンテ・ルンゴ運河へ入った。そのままジュデッカ運河へ向かっていく。

ジュデッカ運河は、本島の南岸とジュデッカ島の間を通る幅広で水深のある運河だ。大きな運河に入ったとたんに速い潮流と直角に交差し、船体がグイッと突き上げられた。バッシャーン。皆は即座にオールを引き上げて、船体が水に慣れるのを待つ。潮の流れをオールに受けながら、学生たちは本島の南端のザッテレ岸壁に沿って東へ向かって力強く漕ぎ続ける。突端には、プンタ・デッラ・ドガーナ現代美術館が建つ。十七世紀に海の税関として建立され、後に日本の建築家、安藤忠雄氏が手がけた画期的な内部の改築で知られる。ヴェネツィア共和国が海運業で栄華を極めた時代、ヨーロッパの玄関を担った場所だ。ジュデッカ運河と大運河を分かつように、堂々と三角形の先を突き出している。

「突端で右へ切れ！」

オーケイ！

バシャン、グイッ、バシャン。ゆっくりとリズミカルに六本のオールが水を打つ音は、大海原に向かうような迫力だ。ちょうど差しかかろうとしているあたりが、ヴェネツィアの内海では最も深く、運河の幅もある地点だろう。若者たちは前傾姿勢のまま、前へ後ろへ、全体重を乗せてステップを踏みオールを動かす。互いの足音と船尾に立つ漕ぎ手のオールの動きに合わせて、腕の動きを調整している。

最も幅広の地点では五百メートルほどあるジュデッカ運河には、コロナ禍以前には毎日、十隻を超える豪華客船が出入りしていた。大型ホテルほどもある船舶で、最上階にある見晴らしデッキからは、まるで十数階の高層ビルの頂上からのような眺めである。東にギリシャやアルバニア、クロアチアを見るアドリア海から入ってきて、このジュデッカ運河を通りながら三百六十度に広がるヴェネツィアを見下ろす。

中世、海を制覇し東方《オリエント》で得た宝を積載した商船も、同じ航路を取って帰港した。豪華客船のデッキや船室のベランダに立ち、乗船者たちは思い切り両手を振り続けていた。海の商人たちが凱旋《がいせん》する気分を味わったのだろう。遠目にも皆の興奮が伝わってきたものだった。

コロナ禍前ヴェネツィアは、過剰な観光客で町の機能が破綻する寸前まで追い込まれていた。観光を第一とした市政で島の日常生活に支障が生じ、人口が流出し続けて学校や個人商店が立ち行かなくなった。人はあふれるほどいるのに町は形骸化し、丸ごと遊園地のようになってしまった。実体を失くしていくヴェネツィアを案じたユネスコは、「このままだと危機遺産になる」と、警鐘を鳴らした。

いったん商業主義が優先されてしまうと、町を以前のように立て直すのは容易ではない。豪華客船は、一隻で三千人以上の観光客を運んでくる。人の海で町が麻痺しても、確かな日銭を連れてくる大型客船の魅力には抗し難かった。観光業に頼って生きる大勢の生活がかかっていたからだ。

ジュデッカ運河を通る豪華客船が、岸壁に衝突する事故も相次いだ。大型船が通るたびに本島もジュデッカ島も大波を受けて揺れ、ヘドロはえぐられ続けてきた。近年の温暖化も相まって、大人の胸元を超える冠水被害が続いている。豪華客船の往来にも冠水の一因がある、と環境保護団体や研究者から指摘されている。

それがロックダウンで運河が静まると、外海からイルカが泳ぎ込んできて、クラゲやタコ、魚が町中の水路を泳ぐようになった。濁っていた運河に透明度が戻ってきた。藻が揺らぐのが見える。白い波しぶきが上がる。とたんに頭上を旋回していたカモメが急降下して、一撃のもとに小魚をついばんでいる。

「ああ！」

突然、驚いたような、唸るような声がいっせいに上がった。プンタ・デッラ・ドガーナ現代美術館の突端前で、大学生たちはオールを水面ぎりぎりに引き上げたまま立ち尽くしている。ヴェネツィアの華、サン・マルコ広場を正面にして、船はゆっくりと揺れている。ヴェネツィア共和国のシンボルであるライオン像を頂に備え、高い塔が海際の空を突いている。オベリスクのような、海の帝国へと迎え入れる灯台のような。

すぐ横にドゥカーレ宮殿の回廊が連なり、広場の一角を縁取っている。その長方形をした巨大な建築を支えるのは、何十本もの純白の石柱だ。柱と柱は間にアーチを作って連なり、その上に白い柱がさらに数十本、間隔を狭めて立ち並ぶ。晴天で、建造物の細部までがくっきりと浮かび上がっている。白い線が太く細く、上に下にと模様を作り、アンティークレースのようだ。柱の上には、赤褐色と白の石が交互に積み上げられ、アラベスク模様を思わせる花形を成している。その壁面に、丸みを帯びた十字が小窓のように間隔を空けて並ぶ。重厚でたくましいのに、繊細で可憐だ。男なのに女、いや、双方の強さと弱さを備え、低俗な対比などはね除け、超然としている。何度見ても頭を垂れたくなる、神々しい建物だ。

皆が歓声を上げたのは、そのドゥカーレ宮殿の向こうに広がる景色だった。雪化粧をしたアルプスの連峰が、澄み切った空の下方をジグザグと縁取っている。山々が重なって空の裾は紺色に沈み、ドゥカーレ宮殿の白とピンクがかった壁面が映えて飛び出し、この手で触ることができそうだ。

親方は、〈どうです⁉〉と、満足げな顔を携帯電話に向けている。

若者たちは、非現実的な眺めを前に魂を抜かれたようになっている。皆、ヴェネツィアで暮らし始めて数年になり、噂《うわさ》には聞いていたものの、誰もこの情景に出会ったことがなかった。快晴なら見えるとは限らない。山側の天気にもよる。すぐそばにあるように見えるが、山々はヴェネツィアから数百キロメートルも離れている。イタリアを越えてスイス、リヒテンシュタイン、東にはオーストリア、スロベニアと並び、さらに遠くのドイツの山へと連なっている。

中世ヴェネツィア共和国が海運業で栄華を極めた頃、この内海はヨーロッパの玄関だった。見知らぬ海をいくつも巡る航海からヴェネツィアに戻ってきても、船は内海には入ることができなかった。ペストという恐ろしい疫病の上陸を防ぐために、すべての船舶が貨物と乗船員ごと四十日にわたって離島で待機させられたからである。水際で感染拡大を防ぐための隔離だった。目の前に祖国が見えているのに、帰れない。長い船旅よりも辛かったのではないか。

隔離島で疫病への不安と望郷の思いを抱えて待っていると突然、アルプスの山々が現れることがあった。雪を抱いたスイスの山々を目の前にして、船乗りたちは帰郷を実感して喜んだ。白い山々は日を受けて金色に輝き、運がよければ夕焼けに染まって薄暮に沈んでいくところまで見ることができた。しかしたいていわずかな時間だけ姿を現し、忽然《こつぜん》と消えてしまうのだった。

〈故郷を思うあまり、白昼夢を見たのだろうか〉

皆は畏れいって、健康で帰宅できるよう、白い連峰に向かって祈った。

陸で待つ人々の思いも同じだった。家族や友人を思う気持ちが昂《こう》じ矢も盾もたまらず、隔離島に向かって舟を漕いだ。寂しさが募る夜、島の沖合に何千もの舟が浮かんだ。夜の海は無数の舟影を集め、いっそう闇を深めた。灯りを落とした舟からは、ロザリオの祈りを唱える小さな声が流れ、波間に消えていった。

月が漆黒の海を照らした。潮の流れにさざ波が立つと、月明かりは細かく割れて白々と光った。

〈祈りが月光の欠片《かけら》に乗って、どうか家族に届きますように〉

海が闇に沈んだあとも、向こうには山が控えている。

山は大地の象徴だ。海が流れで前進を助けるなら、山は不動で帰着を待つ。今でも海の人たちは、陸のことを〈揺るぎない大地〉と呼ぶ。

海を山が出迎える。その場面に今、学生たちはいる。


「イタリア国旗の〈白〉は、あの雪のことなんだぞ！」

十八世紀、イタリア半島はオーストリアに続いてナポレオン一世が率いるフランスに統治された。自分たちもひとつにまとまって自由を手にしよう、という気運が半島にも高まり、一八六一年にイタリア王国が誕生する。統一運動に大きな影響を与えたフランスの青白赤の三色の国旗に倣《なら》って、イタリアの国旗が緑白赤で生まれた。

サン・マルコ広場の背景に見えるアルプスの万年雪は、空に引いた白い横線だ。そこにイタリアは始まる。

〈我々が立ち並び、国を見張る〉

任せなさい、と山々の声が聞こえてくる。白く輝き、毅然《きぜん》としている。清らかさと潔さ、そして完璧の象徴だろう。

「敬礼！」

オーケー！

六人はオールを船内に引き上げて自分の脇に立てて持ち、〈イタリアの白《アルプスの雪》〉に向かって黙礼した。内海にはオールが、サン・マルコ広場には宮殿の白い柱が、それぞれ天に向かってまっすぐに延びている。


イタリアの白、か。

ヴェネツィアからの動画を見終えて、イタリア各地で見た白い光景を思い浮かべてみる。人通りが絶えた深夜のミラノを歩いていると、いつの間にか町の中心に出る。寒々とした黒い広場にそびえ立つ大聖堂は白く圧倒的で、有無を言わさず審判を下すようだ。

船でシチリア島へ近づいていくと、海岸が白い線状に見えてくる。海沿いにも、白い家が連なる白い町がある。昼間の太陽を吸い込んで、暗がりにぼうっと光っている。

カプリ島からイスキア島、プロチダ島やポンツァ島を巡ると、紺碧《こんぺき》の海に浮かぶ白い真珠を集めて回るようだ。でも上陸してみると、絶景の島はどれも岩でできていて平地がなく、ほとんど耕せない。

陸の方に目を向けると、貧しい地区から高台の高級住宅地区へ向けて家屋がびっしりと張りつく白いナポリがある。町を歩くと、あちこちに焼きたてのパンや練りたてのパスタが並び、打ち粉が白く舞っている。純白のモッツァレッラチーズやブルラータチーズが、水を張ったタライに無造作に投げ込まれている。

現在、トスカーナ州の海岸は高級リゾート地として知られるが、かつては内陸の原石山からダイナマイトを爆発させて採石した大理石を運び出す港だった。切り取られた山は、真っ白の断面を生傷のようにむき出しにしている。

北イタリアのコモ湖の周辺には、紡績と染色の工場が集まっている。白い絹に多彩な紋様が刷られ、ネクタイやスカーフ、服地が生まれる。その陰には、女工が紡いだ悲しい歴史がある。

リグリア州の漁村では、網がはち切れんばかりのイワシが水揚げされる。小さな白い腹は肉付きがよいのに地元では新鮮なままでは食さず、オイルと塩に漬けてアンチョビとして他所へ売られていく。

ジェノヴァの大学病院を訪れると、入院患者のために乳白色に草木染めしたパジャマを試用しているところだった。染色に使う植物に自浄の特性があり、「着替えるのが大変な患者の助けになれば」と、研究者は話した。

「悲しくなったらこれを」と、毎朝ローマの母親は小学校へ行く子のポケットにスティックシュガーをひと包み入れていた。メリー・ポピンズが〈ほんの少しの砂糖があれば、苦い薬も飲める！〉と歌っていたっけ。

真っ白の画用紙は、イタリア製の評判が高い。五百年前にヴェネツィアが出版の中心だった頃、「よい本には、まずよい紙を」と、製紙職人たちが生み出して以来の伝統だ。何年経っても変色しない白い紙は、古の言葉をみずみずしいまま今に繋げている。

イタリアの衣食住のさまざまな場面を白が支えている。無彩色である白は没個性のようで、実は無限に広がる可能性を秘めている。そして白が映えるのは、暗がりが寄り添ってきたからだ。イタリアの白の一覧は、見知らぬ陰の功労者への案内でもあるのかもしれない。

［赤］

赤い理由

あと数枚、というところでプリンターが止まってしまった。インク切れで、新しいカートリッジと交換するよう警告ランプが点灯している。なくなったのは〈マゼンタ〉だ。マゼンタ（赤紫）、シアン（青緑）、イエロー（黄）という色の三原色と黒のインクでプリンターは動く。インターネットで拾いあげた画像や自分で撮った写真を、プリンターはこの四色だけで紙に打ち出してくれる。画像ごとに異なる色調を読み取る眼と配合量を分析する脳、画像の中の色を忠実に再現して印刷する手。いったいどのような仕組みになっているのか、使うたびに感心する。

プリンターは、書いたり写真を撮ったりする私の仕事の大切な相棒だ。ふだん、うまくまとまらない言葉の中で大半の時間を過ごしている。パズルのようにはめ合わせたり、一本の糸でネックレスのように繋げたりできるときもあるけれど、たいていは無数の欠片が形にならないまま浮遊している。

断片的なメモや資料、スナップ写真が色付きでプリンターから打ち出されてくると、頭の中でちらばっていた欠片が整理され、それまでのぼんやりした視界の中にいくつかの情景が立ち上がってくる。独りの部屋で、プリンターの肩を抱きたくなる瞬間だ。

いつも他色に比べてマゼンタと黒が早く減る。自分が観ているものの共通項をプリンターから知らされるようで、興味深い。今回は、年末年始に挨拶状や請求書のためにまとまった数のレターヘッドを印刷したからだろう。私が自営する会社のロゴマークは赤で、レターヘッドの真ん中に大きく濃く入っている。

「会社のロゴマークを赤い字《欠損》にするだなんて、縁起でもない」

会社を設立したとき挨拶回りで名刺を差し出すと、同業ばかりか初対面の営業先からも異口同音に忠告された。

〈これは、血の赤。どんなときでも新鮮な酸素に満ちていて、永遠に変色することのない熱血の証なのです〉

言われるたびに私は心の中で答えながら、忠告を右から左へ聞き流した。

数年勤めたイタリアの新聞社を辞めて通信社の開業を決めたとき、真っ先にミラノのある建築家に報告した。イタリアンデザインが頂点を極めようとしていた頃で、生活のあらゆるシーンで斬新なアイデアが次々と製品化されていた。それまでイタリアの創造性を語るときには、もっぱらルネサンス時代に焦点が当てられていたものだ。新興のデザインブームは、未来に向かうイタリアの噴火だった。火口となったミラノは伝統と古典を基盤に、既知から未知へ、という前向きなモノ作りの気概に満ちていた。コネも見通しもないまま闇雲に開業を決めたところだった私には、何よりの水先案内人のように思えた。既成の概念や境界に臆さず新しいことを試そう、というかけ声に聞こえた。そう感じると、もううれしくて居ても立ってもいられない。このイタリアの新しい動きを日本に伝えられないものか、と電話帳を繰って片っ端からデザイン関係者へ連絡を取った。

電話をかけた先のひとりが、そのミラノの建築家だった。紹介状もなしに飛び込みセールスのような電話をかけてきた日本人を少しも疎まず、面談に応じてくれた。

痩せて長身で強い癖っ毛を五分刈りにし、ギョロリと目ばかりが目立つ。愛想がなかった。ボタンダウンの真っ白の綿シャツを一番上のボタンまで掛け、年季の入った黒ジーンズに磨き込まれた黒のオックスフォードシューズだった。定番尽くしで簡素な身繕いは、明快な自己アピールだった。

ひっきりなしに入る電話に若いスタッフが活き活きと応じている。

「全員、大学からの実習生です」

彼は、大学時代に造形学の授業で日本の着物についてまとめた論文が高く評価され、卒業するとすぐ現代アートやファッション、工業デザイン、建築、と分野を問わずに創作にかかった。厳然とした徒弟制度がいまだに残るモノ作りの世界で、枠外に飛び出した彼には従う師がなかった。むしろ、先達者たちは思いもつかない発想を持つ彼のような新進を畏れ、「哲学をデザインで説く新種」と、遠巻きにした。社会に出ていきなりの独り立ちだった。

芸術作品は、いずれも世の中のレジュメだ。彼は家具から調理器具、事務用品や服飾雑貨まで、あらゆるモノに今起きていることを書き込んだ。一連の仕事は、当時のイタリア社会のカタログであり解説書だった。

初めての訪問であり、しかもデザイン門外漢の私がいったい何を話したのかは覚えていないが、具体的な提案も持たずに熱意だけで会いに行った私の話を、建築家が面倒がらずに聞いてくれたのが忘れられない。

〈イタリアのクリエイティビティ《創造力》の頂点にいる人が！〉

この面談の経験は、その後ずっと私の標石となっている。

〈おめでとう。それで、会社の名前は？〉

起業を報告すると、建築家からすぐにそう問われた。社名は、イタリア語の〈1〉を表す〈UNO《ウーノ》〉に決めていた。〈最初〉とか〈第一番〉、あるいは〈ひとり（けれども大勢）〉

〈唯一無二〉といった意味を込めたつもり、と返信した。しばらくして、建築家から封書が届いた。Ａ４の画用紙の真ん中に、ロゴマークとしてデザインされた〈ＵＮＯ〉があった。添え文はなかったが、それが建築家からの餞なのだった。簡潔で明快な、力強いエールだった。

同封されていた混色の指示といっしょに原版を印刷所へ渡すと、鮮明な赤いロゴの〈ＵＮＯ〉が白い紙の真ん中に現れた。日の丸に見えた。国境など気にせず乗り越えていく、と前のめりになっていた私は、〈自分の原点を大切に〉と、建築家から言われたような気がした。日の丸を連想するからと言って、好戦的な右というような意図を込めたわけではなかっただろう。海を渡ってやっと、自分を待っていてくれる母港があることに気づく日が来る。「祖国とは国語」と説いたフランスの思想家がいたけれど、どこへ行こうとも言語が変わろうとも、母国は自分の血の中にある。

イタリアの国旗にも赤が入っている。やはり、血の赤だ。十九世紀イタリア統一のために〈戦った愛国者の血〉を表す。しかし、赤はもっと昔から戦いの象徴だった。火星《マーズ》は、古代ローマ神話の軍神マルスに由来してそう呼ばれるようになった。地球から肉眼でも確認できる火星は、表面が酸化鉄で覆われているため赤く見える。暗闇にも火星は紛れない。

黒に負けない。太陽の近くに位置している。燃える赤だ。古の人々は〈赤い惑星〉に戦火と血を連想し、〈火星〉を〈戦いの神〉と呼んだのだった。古代ローマの皇帝や兵士は、強さの象徴である赤いマントをまとって闊歩《かっぽ》したという。帝国を赤い軍団が行く様子を想像してみる。広大な領土の隅々まで、生命を伝える血が行き渡る。

血だの争いだのと書くと赤が忌まわしい色のようだが、ヨーロッパでは血を象徴する赤は生命の源であり、毒を除き浄化する聖なる色とされる。

ずいぶん前になるがイタリアで過ごした初めての二月は、ナポリの血で始まった。

大学生だった。数日前から気持ちが沈み頭痛もひどく、雨戸も開けずにベッドでぐずぐずしていた。卒業論文のためにナポリへ留学したものの思うようにはかどらず、半年が経とうとしていた。

〈帰国して、この先どうなるのだろう〉

自分の行く末に皆目見当がつかず、解決の術《すべ》もわからない。廊下で子どもたちが声を上げて走り回っている。小学四年生を頭に三人の子を持つ友人の家に居候《いそうろう》していた。友人は、数世紀前から公証人や弁護士、裁判長を代わる代わる担ってきた名家の生まれだ。家には部屋が多数あり、同じ建物の両隣や上階には親族が住んでいる。数百年前に建てられ、表玄関の他にも出入り口が何ヵ所もあり、どこからどこまでが誰の家なのかあるいは事務所なのか、半年住んでもよくわからなかった。

世の中には、どう抗っても越えられない壁がある。その家で暮らしていると、西洋の歴史の重さと階級社会を目の前に突きつけられ、ときどき押し潰されそうになった。

その日もそういう日曜日だった。とても寒い朝だった。ナポリから少し南下するとシチリア島で、その先には北アフリカがあり、ナポリの背後の連峰を越えた向こうには海を挟んでアルバニアやトルコがある。一年を通して穏やかな気候だが、さすがに真冬にはブーツやオーバーコートが必要な日もある。そういうとき、北部では常備のセントラルヒーティングが南部にはなく、寒さが外の石畳から建物の壁を伝って家の中へ入り込み、家具の芯まで冷えきるのだった。

小さな足音がいくつも重なり近づいてきたかと思うと、私の部屋のドアがドンドンとノックされた。沈没している私は返事をせずに寝たふりをし続けた。子どもたちはしばらくドアをたたいていたけれどそのうちあきらめ、また廊下を走ってどこかへ行ってしまった。

〈せっかく小さな子たちが呼びにきてくれたのに〉

大人げない自分が情けなく、頭から布団を被りさらに深みへと潜った。

そのとき、

「ちょっとごめんなさいね、さ、開けますよ！」

高く掠《かす》れた、でも柔らかな声がしてドアが開き、ミンマ夫人が入ってきた。

「わあ！」「いた！」「ねえ遊ぼう」次々と続き、どれも幼く、うれしくてたまらないといった声だった。そうだ、今日はカーニバル《謝肉祭》最後の日曜日で、さまざまな人物に仮装して着飾った子どもたちが集まって祝い、そのまま町に繰り出す予定なのだった。

「ミンマおばあちゃんが〈血〉を作ったから、いっしょに飲もう！」

「すごく甘いの」

「あったまるから」

口々に幼い声で〈血〉が連呼される。ふさいでいた私は、わらわらと集まってきた子どもたちに手を引っ張られて、台所へと連れていかれた。

台所は中庭に面していて、半開きになった流し台の前の窓から外気が入ってくる。床はあちこちが欠けた古いタイル敷きで、足元からも冷気が忍び寄ってくる。天板が灰色の大理石の調理用台が中央にあり、大きな寸胴鍋《ずんどうなべ》が置いてある。

「しっかり押さえていてちょうだい」

ミンマ夫人に命じられて、孫の一人がボウルを必死で抱え込む。そこへ祖母は、ガラス瓶に入った真っ赤な液体を注ぎ入れた。食紅で染めた溶き卵か牛乳なのだろう。それにしても、〈血〉と呼ぶなんて。子どもは率直で、だから残酷だ。

子どもたちは調理台を取り囲み、息を潜めて祖母の手元に見入っている。鍋の赤い中身にコーンスターチを加え、ミンマ夫人は休みなく木杓子《きじゃくし》でかき混ぜながら、

「一・五キロ！」

鍋の口からあふれんばかりの砂糖を一気に加える。さらにココアの大きな缶も丸々空けて、

「もう一本、入れましょうか」

独り言ちながら、瓶から赤い液体を注ぎ足した。鈍く光る圧巻の赤だ。

ミンマ夫人は、ヨイショ、と濃厚な液体をたたえた鍋をコンロにかける。かき回しているうちに、台所には菓子店のような匂いが満ちてくる。

「今日は、とりわけ寒いわね」

そうつぶやくと、ミンマ夫人は残り五口のコンロとその下のオーブンすべてに火を入れ、全開にした。コンロとオーブンの炎に囲まれて、鍋の中は赤茶色にふつふつとたぎっている。いくつもの気泡が鍋底から上がり始めると、細かく砕いたブラックチョコレートを半キロほどパラパラと回し入れ、小袋に入れたシナモンとともにバニラパウダーをそっと載せた。

「そうか、おばあちゃんは魔女だったんだ！」

五歳の子が目を丸くして叫ぶ。

ミンマ夫人は丹念に仕上げたクリームを掬《すく》って肉厚の小碗《こわん》に注ぎ、スプーンを添えて子どもたちに配った。受け取った茶碗からゆっくりと温もりが伝わってくる。

「元気を出すのですよ。そのうちもう手に入らなくなるらしいから、よく味わってちょうだいね」

赤の正体が豚の血だと、そのとき初めて私は知った。つき合いの長い農家から今朝届いた搾りたてなのだ、とミンマ夫人は笑顔で空瓶を振った。


〈サングイナッチォ〉と呼ばれるこの一品は、古くからナポリに伝わる郷土食である。その呼称は、〈サングエ（イタリア語で血の意）〉に由来する。聖人暦の一月十七日を記念日とする、大アントニオを祝して用意される。さすがに一九九二年に動物の血の売買が法律で禁止されてからは昔のレシピどおりとはいかなくなったものの、チョコレートをベースとした濃厚なホットクリームは冬のナポリを象徴する味だ。

大アントニオは三世紀後半にエジプトで生まれ、若くして両親と死別したあと全財産を施捨して信仰に人生を捧げた。質素を極めた暮らしぶりと説法に感銘して、大勢が追従するようになり、現在の修道院の基になったとされる。

「大アントニオの功徳で病が治る」

やがて噂が広まり、各地から病人が訪れるようになった。

中世にかけて人々は、「この病にはあの聖人が」と、病状ごとに聖人を守護者と決めて信仰した。たとえば、〈目〉は聖ルチアであり、〈伝染病〉なら聖リタが、〈不測の事故や突然死〉から逃れるには聖クリストフォロ、というふうに。

現在でもイタリアでは、〈帯状疱疹《たいじょうほうしん》〉は〈大アントニオの火〉という俗称でも呼ばれるが、これもその名残りである。焼かれるような痛みに苦しむ患者たちが、大アントニオの聖なる力にすがろうとした思いがうかがい知れる。

その頃に描かれた宗教画を見ると、大アントニオは怪物や猛獣に包囲されながら、炎の光輪を付け豚を連れている。豚を伴っていたのは、昔、皮膚の炎症や傷口に豚の脂を塗り込んで治療していたかららしい。大アントニオの両親は農業を営んでいた。さまざまな家畜に囲まれて育ち、それぞれの特性をよく知っていただろう。

昔から、豚は冬にさばかれてきた。豚に限らずさばいた生き物は、決して無駄にされなかった。肉は食用とし、脂は薬用や燃料に、皮はなめして生活用品や衣服として利用してきた。血の一滴に至るまで有用だった。

聖人、大アントニオの記念日である一月十七日を豚の血を材料としたサングイナッチョで祝うようになったのは、ちょうど豚をさばく時期に重なっていたことも関係していただろう。大アントニオといえば豚、という定着したイメージからの連想でレシピは生まれた。血は生命の源であり、生き物への感謝と聖人への信心の象徴だった。活力と尊さ、汚れを浄化する、という血の特性は、そのまま赤い色の意味へと繋がっていく。

そして、晩冬のこの時期にはキリスト教の祝祭であるカーニバルがある。春の訪れともなる復活祭を待つあいだ、信者たちは十字架にかけられたイエス・キリストを祈って禁欲の日々を送った。もとは、断食断酒を課した厳粛な戒律だった。ちょうどこの頃、秋から蓄えていた食糧が底を突く。飢えを凌《しの》ぎ、まだ残る寒さを乗り切るために、宗教の力で民衆の苦しみを治める意味もあったのかもしれない。厳しい禁欲生活を前に大いに酒を飲み肉を食べ、羽目を外し、〈欲納め〉したのがカーニバルの起源である。しばらくのあいだ肉（欲）とはお別れだ。〈カルネ《肉》〉を〈レヴァーレ《取り除く》〉というイタリア語の語源の文字通りだ。

サングイナッチョはおいしかったのかと訊かれても、あの味をうまく説明できない。最初のひと口で尋常でない甘さに脳天を貫かれたあと、潜んでいた味が現れて上あごや喉の奥をチクチクと突き、思いきって飲み込むと、鼻腔《びこう》へ未知の匂いが抜けていった。舌触りはしっとりと柔らかだけれど、しつこくまとわりつかず、微かな酸味を残して喉を通っていった。

〈日本でも、スッポンの生き血を酒に混ぜて飲むのだから〉

スプーンを口に運びながら自分に言い聞かせてみたが、五臓六腑《ごぞうろっぷ》を豚が駆け回っているようで、もうふて寝などしている場合ではなかった。いっぺんに気持ちがしゃんとした。身体の奥に火が灯ったようで訳もなくうれしくなり、〈白雪姫〉や〈快傑ゾロ〉〈バットマン〉になった子どもたちと手を繋いで、二月のナポリを歩いた。


「うちのシンボルカラーと同じですね」

渡した名刺の赤いロゴを見ると、開口一番、先方は言った。ツイードの膝下丈のフレアスカートが、細身の長身によく似合っている。ハイネックのセーターに少しあごを埋《うず》めるようにして、五十代後半の顔が笑っている。

初対面のその女性は、食品加工の工場機械メーカーの経営者である。本社は、北イタリアの農耕地の真ん中にあった。建物はその工場だけで、目の届く範囲に家や店舗はない。

「高速道路を降りたら、〈工業地帯〉という標識に従っていらしてください」

途中、電話をかけたら、落ち着いた声で女性が教えてくれた。久しぶりにやってくる、遠い親戚を迎えるような優しい声だった。

社長自らが電話で応対してくれたのか。社内を見る。仰々しい社長室はなく、ガラスの間仕切りに囲まれた一角が彼女の仕事場らしかった。質素だけれど鉄筋の社屋で、社長室にありがちな、大仰な額入りの絵画や革張りのソファなどは見当たらない。その代わりに、額装された表彰状が何枚も壁に掛かっている。〈優良品質賞〉〈工業デザイン賞〉〈優良企業賞〉〈地域振興への感謝状〉等々。家族の集合写真が続き、どの顔も穏やかに笑っている。見ているうちに、以前からの知り合いだったような気持ちになった。

その会社を訪ねたのは、同じように北イタリアで耕作機械を作るメーカーから紹介されたからだった。その頃、私はマスコミの仕事を離れて農林水産業に関わっていて、イタリア半島を回り各地の優良な産物と生産者や食品加工業者を調べる任に就いていた。

「とにかく工場を見てきてください」

紹介した人は、まるで自分の工場のように誇らしげに言った。練った小麦粉の生地からパスタを作る、電動の小型機械のメーカーだという。

コーヒーを振る舞ってくれたあと、女性は優しい笑顔で私の横に並んで社内を案内した。技師たちが設計図面を引くところや新型機械の実験もガラス越しに見せてくれた。練り生地が絞り出される口の部分は、その形状と部品の原材料までがパスタの味わいを決める要である。メーカーの優劣もここにかかっていると言ってよい。

それなのに彼女は、「よろしければ」と、鷹揚《おうよう》に写真撮影を勧めた。ほとんどの機種が特許を取っているのである。企業秘密とせずに公開するなんて。

「少しでも多くの人に伝わり、おいしいパスタが作れる機会に繋がるのでしたら、それこそ私たちの本望ですもの」

利他的な彼女の言葉に、下衆《げす》な心配をした自分を恥じる。

自分たちの歴史は農業にある。高級な食材だった小麦粉を庶民は口にできず、ジャガイモやトウモロコシを食べてきた。同じ食物を糧に、人も家畜もこの地に生きてきた。生き物は食なり、だ。

「パスタはイタリアの食の中心になりました。品質の高いパスタを作ることは、小麦を育む大地への礼です。ソースとなる海産物や肉、乳製品との相性がよくなるように、パスタの表面や形状を研究してまいりました」

時が移れば、人の嗜好《しこう》や社会情勢も変わる。菜食主義や食物アレルギー、温暖化による環境問題など、創業時にはなかった課題がいくつも現れる。

「食べることは生きることです。空腹を満たし、心身の健康を守るのが私どもの使命であり、いつの時代も変わることがありません」

見学の最後に〈資料室〉と札の掛かった扉を押した。そこには、真っ赤な光景があった。創業時代からの製品が全点、整然と展示されている。家庭用から飲食店用、工場向けまで、多数の製品すべてが燃えるような赤い色なのだった。

イタリアの国旗の色ですね。生命の源であり汚れを排する血の色ですね。

ナポリのあの朝やミラノからの贈り物がイタリアの国旗とともに赤々と目の前に浮かび上がり、私は思わず歓声を上げげた。微笑みながら彼女は、

「この赤を製品に使えるのは、限られた機械メーカーだけなのです」

彼女は寛容さと自信に満ちた経営者の顔になり、奥の壁の前で胸を張った。製品の塗料用のカラーチップが額装されていた。

〈フェラーリの赤〉。

最高品質の機械製品にだけ着色が認められる、〈イタリアの誇り〉の赤である。

ミラノの黒

ある朝目を覚ますと、突然、春になっている。ミラノの冬は、雨天曇天が延々と続く。太陽が出ることがあっても遠慮がちで、日差しは白く弱々しい。朝から抜けるような青空が広がっていると、何か起こるのではないかと身構えたくなる。曇っているぐらいがちょうどいい。

そういえば、仕事でローマへ移住したものの、

「年がら年中、雲ひとつない晴天で」

空同様、人づき合いも明け透けな土地柄にほとほと疲れてしまい、結局、生まれ育ったミラノへ戻ってきた友人がいた。朝、窓の外に濃霧が立ち込めるのを見て、羽毛布団に包まれるようでほっとした、と言っていた。

そんなミラノにも、春は来る。白黒映画が天然色映画になったような朝が来る。昨日まで裸だった木の枝先に、今朝はぷくりと新芽がふくらんでいる。長いくちばしと胸元をオレンジ色に染めた黒い鳥が、甲高くさえずりながら飛んでいる。広場に立つ花屋には、多彩な切り花や鉢植えが所狭しと並んでいる。ずっと霜や雨でぬかるんでいた道を、今朝は

春のパンプスやスニーカーが闊歩する。このときを待ち構えていたのだろう。どの足元もおろしたての靴で、白やパステルカラーが多い。重くて暗かった足取りは一転し、色とステップの舞うタップダンスを見るようだ。ダウンジャケットやウールのオーバーコートは、もうクリーニングに出してしまってもいいだろう。

「五月末まで待ったほうがいいわよ」

冬物を詰め込んだ袋を提げて商店街を歩いていると、階下に住むコンチェッタに会った。私の提げ袋の中身をちらっと見るなり、クリーニングに出すには尚早、と彼女は止めたのだった。

遠くからでも、コンチェッタだとすぐにわかる。引き締まった小柄な身体を弾ませるようにして歩く。二センチあるかないかに切りそろえたベリーショートの髪型は、知り合ってからこの三十年、一度も変わらない。伸びて不ぞろいの髪を見たことがないので、こまめにカットしているのだろう。化粧っ気はないけれど、浅黒い肌は張って艶々している。清潔と健康を絵に描いたような外見だ。常にいくつもの用事を抱えているのは、わずかな隙間時間も無駄にできない性格だからだ。サルデーニャ島の出身である。島の女性は几《き》帳《ちょう》面《めん》で働き者だ。強い気性で、他人をあてにしない。時に度を超えるきれい好きで、手が空くとどこかしら掃除か片づけをしている。コンチェッタもご多分にもれず、家にいるときは布切れを手にあちこちを拭っている。

彼女は島の中学校を卒業したあと、当時入学資格の条件だった教会の司祭と村の顔役からの推薦状を手に、ミラノの看護専門学校へ進んだ。昔は、希望しても誰もが看護師になれるわけではなかったのだ。弱者を助ける特命を授かった、聖なる職業とされてきたからだ。看護師は、白い制服を着た修道女だった。修道女会と看護専門学校は連携していて、病院は使命感に満ちた看護師と聖職者である修道女に守られた場所だった。

さて、今朝のコンチェッタは、スキー用のミラーサングラスをかけている。いくらミラノには珍しい晴れだからといって、それは少し大袈裟《おおげさ》なのでは？

「もう太陽を忘れてしまったからねえ。島にいた頃は、サングラスなしで真夏の海岸を歩いてもなんともなかったのに」

ちょうど前日に白内障の手術をしたところだという。元気だけれど、とうに七十歳を過ぎているのだ。たとえミラノの薄日でも、術後の目には障《さわ》るだろう。買い物なら私が代わりに行ってきましょうか？

「ちょっと今、目が離せないのよ」

彼女は私の申し出を低い声で制すと、あれを、とあごを上げて合図した。

見ると、少し先にストライプのシャツを着た男性が立っている。青と白の太い縦縞で、ズボンもそろいだ。今朝のミラノの晴天によく映える、大胆でしゃれたシャツだと感心したが、上下でそろいはどう見てもパジャマである。

「お天気もいいし、ゆっくりお散歩しましょうか。気が向いたら、お名前を教えてくださるかしら？」

コンチェッタはパジャマ姿の男性に追いつくと背にそっと手を添え、優しく話しかけた。素足に履いているのは、室内用のスリッパのようだ。亜麻色の皮革製で、パジャマと合わせて見るとなんともいえない品があった。連れはいないらしい。青空につられて、つい起き抜けの格好のまま出てきたのだろうか。

声をかけられると男性はビクッとし、少し背を伸ばしてからゆっくりとこちらを振り返った。男性の口元が締まらないのは、入れ歯が入っていないからだろう。深くすぼんだ口元をフガフガさせるものの、うまく言葉にならない。額にこぼれ落ちる白髪はまばらで、髪の毛の間から覗いている目は笑ってはいるが、見ている方向が定かでない。もともと痩せているのか、あるいは入れ歯を外しているからなのか。ほお骨が突き出ていて、寂しい顔に見せている。

ちょうどコンチェッタは、町の中央から路面電車で帰宅する途中だった。病院勤務を定年で辞めたあと、現在は通いで何人かの訪問看護を引き受けている。主に高齢の患者の家を巡っているのだが、ほとんどの患者はリハビリよりも彼女とのおしゃべりのほうを心待ちにしている。数十年にわたって外科や小児科で看護師長まで勤め上げ、大勢の辛さと失意に寄り添ってきた。退院できても、高齢者や傷病によってはそのまま寝たきりの状態になってしまうこともある。心身の自由が奪われていく不安と悲しさは、当人にしかわからないだろう。放っておくと、外界とばかりか自分自身との対話すら失ってしまう。迎える毎日に陽が差さない。話し相手になることも大切な治療の一環だ。

コンチェッタは、患者の家族からも絶大な信頼を得ている。ひとたび訪問すると、ケアのあとに世間話や家庭内のいざこざ、孫の自慢や嫁への文句の聞き役になる。ときには食事療法の指導をするうちに、つい彼女自身が台所に立って調理まで引き受けることもある。

世の中は忙しい。弱い人は弾き出されたまま、忘れられてしまう。表には見えてこない、でも日々あちこちで生じている小さな困ったことを拾い上げようと、コンチェッタはミラノを巡り続けている。

コンチェッタがその朝の訪問を終えてドゥオーモ前から路面電車に乗ると、乗客たちがヒソヒソと顔を見合わせたり苦笑したりしていた。気になって前方へと移動していくと、先頭車両に縦縞パジャマの男性がいた。老いて痩せ、混乱している。コンチェッタはひと目見てすぐ、

「あとは私が」

運転手に手短に伝え〈介護支援専門員〉と記された名刺を渡すと、緩やかにパジャマの老人を促し、運河地区の停留所でいっしょに下車したのだった。

引き続き私たち三人は、商店街を歩いている。すれ違う人たちは一様にギョッとして、パジャマの老人を見ている。晴れた春の日でよかった。パジャマ一枚でも、歩いているうちに老人の額には汗が光っている。コンチェッタはそれを一瞥《いちべつ》すると、パジャマの袖口を軽く引っ張って、

「お茶でも飲みましょうか」

数軒先のバールに入った。

毎日のように私もその店の前を通っているけれど、これまで数度しか入ったことがなかった。ただ古く、野暮ったい。店内の壁に沿ってむりやり押し込むように三卓が並べてあり、もともと広くない店をさらに窮屈にしている。座っているのは常連客ばかりで、ほと

んどが高齢者だ。「あの頃はこうだった」「昔あそこではね」「あの人は今どこで何をしているのだろう」「もう死んだかな」。よもや席が空いていても、高齢の客たちに交じって雑談ができるようには思えない。その空席は常連の誰かの定席に違いなく、横取りするようで気が引ける。さらに、長居する高齢の客たちを慮《おもんぱか》ってだろう。過分なほどに暖房が効いていて、息苦しいくらいだ。そういうわけで、何となく入りづらかったのだった。

コンチェッタは慣れたふうにカウンター向こうの店主に目配せしてから、奥のテーブルへパジャマの老人を連れていった。隣のテーブルの老婦人が軽く会釈し、何か言いたげにする。うまく言葉が出てこない。

「あら、マリアさんじゃないですか！　バールでお茶だなんて、うらやましいわ」

コンチェッタは、言葉に詰まったまま当惑している老女に笑いかける。

「カモミールティーなどいかがでしょうか」

店主がティーポットと紅茶茶碗を丸盆に載せ、テーブルまでやってきて尋ねた。優しい声だった。店主ももう若くはない。コンチェッタと同じくらいの年齢だろうか。テーブルにお茶の一式を置きながら、彼女にだけわかるように〈ノー〉というふうに小さく頭を振った。

コンチェッタがパジャマの老人や隣卓の老女に話しかけているあいだ、私はお茶を注《つ》ごうとティーポットに触れると、熱々ではなかった。思わぬことでお茶をこぼしても火傷《やけど》をしないように、少し冷ましてあるのだろう。改めて周囲の高齢の客たちを見回してみる。外はもう春なのに毛糸の帽子やマフラーを着け、老いて体型が変わったからなのか、サイズの合わない上着を着たままお茶を飲んでいる。着ぶくれで動作が緩慢だったり、手元が震えている人もいる。鼻先にずり落ちた老眼鏡が息で曇っている。

「私がお入れしましょう」

店主は、用意した柄違いのカップからそれぞれ好きなものを客に選んでもらい、丁寧にお茶を注いでいく。湯気の立ち具合を見て、ぬるすぎないか熱すぎないかを確認している。冴えないと思っていた店が、実は高齢者の見守りも担うところなのだと知った。高齢者に限らず、問題を抱える人はいる。店がハーブティーを出し、商店街の菓子店からは「これをお茶に添えてあげて」と、焼き菓子が届く。弱者が取り残されて孤立しないように、地域の住人で見守っているのだ。

そっと店の外に出た店主の妻が、時おりパジャマの老人を見やりながら携帯電話で話している。しばらく話したあと、コンチェッタに向かってにっこり〈ＯＫ〉と合図を送った。

先客もあとから店に入ってきた常連も、私たちのテーブルに向かって縦縞のパジャマを代わる代わる誉《ほ》めた。〈ここへようこそ〉と、歓迎の挨拶のように聞こえた。そのうちパジャマの老人は落ち着いたのか、黙ってカモミールティーを飲み始めた。二杯目の空く頃、自治体警察官に伴われて五十前後の男性がやってきた。制服姿の警察官は店に入るのを控え、店主に目礼してからガラス越しに中の様子を見ている。

「父さん、もう春ですね」

テーブルにやってきた息子は、カモミールの花が描かれたティーバッグのラベルを見ながら、何事もなかったように声をかけた。

そのとたん、老父のおちくぼんで黒い節穴同然だった目がぱっと輝き、焦点の合った目線で息子を見て笑った。霧が引いて、青空が広がるような情景だった。

かつて〈黒いミラノ〉というテーマで、取材をしたことがある。この商店街からほど近いところに、気安く足を踏み入れてはならない地区があるのを知ったからだった。繁華街や住宅街と隣接し、その地区にも市営の団地が林立している。運河近辺に集まっている、〈働くミラノ〉を支える職人の工房や小さな町工場からも近い。一見、ごく庶民的な一帯だ。

運河は、海のないミラノへ世の中の流れを運んでくる。善いものもあれば、害悪もある。〈黒いミラノ〉と呼ばれるそこには、漂着したものの流れていく先を持たずに滞ったままやがて腐敗し、沈んだ底からも毒を吐き続ける人や物が溜まっている。だから町の中央へのアクセスがどれほどよくても、家賃は相場以下だ。

「こんなに安いなんて！」

事情に疎い転入者が、つい家を借りてしまう。砂でできたすり鉢に足を取られていく始まりだ。

「一度関わると、黒い連鎖から抜け出すのは簡単ではありません」

ぜひ見ておくといい、と私がマスコミの仕事に携わっているのを知って、黒い地区を担当する警官が教えてくれたのだった。

目印があったり、塀や垣根で囲われているわけではない。ふだんの生活圏から少し足を延ばすと、いつのまにかそこへ入っている。

国内外の犯罪組織の巣窟。不法占拠。家庭内暴力。器物破損。貧困。不衛生。不法入国者。弱者からの搾取。人種や性差別。無知。ネグレクトの親。義務教育から外れてしまった子どもたち。窃盗。恐喝。傷害。殺人。武器や麻薬、密輸品、人身あるいは臓器の売買……。

外からはそうとは知れない黒い世界は、イタリアの最先端を行く、ハイセンスで気位の高いミラノのイメージからはかけ離れたものだった。

〈幸福な家庭はどれも似たものだが、不幸な家庭はいずれもそれぞれに不幸なものであ

る〉*

取材からずいぶん時が経ったけれど、あのときに見聞きしたミラノのさまざまな闇を忘れない。底へ沈んでいく理由は、千差万別だ。そして黒は他の黒と混じっても、やはり黒いままである。むしろドス黒さを増して、さらなる深みへと堕《お》ちていく。

けれどもまた、不純物の除かれた水が必ずしも最良とは限らない。雑菌混じりの濁水が、町と人を強くすることもあるのではないか。

運河の船着場を中心に、人や物の流れをめがけて商いが生まれ、儲《もう》けの周りには情報も集まり、盛り場へと発展していった。今、歩いてきた商店街もそういう経緯のなか生まれたものだ。ミラノの中央にある証券取引所でのビジネスやスカラ座などから生まれる文化とは異なる、一般の暮らしに直結した動きが運河地区からイタリア全土へと広まっていく。新しい潮流を求めて、工芸職人や建築家、音楽家や舞台芸術家、映画監督、画家や彫刻家、作家に思想家といった創作に関わる人たちが、内外からこの地区へと移住してきた。

私が通信社を開業しイタリアに住むことを決めたとき、マスコミの拠点であるミラノを選び、住居を探したのはやはり運河地区だった。自由な空気と昔気質《むかしかたぎ》という両極が共存して面白く、マスコミ仲間も大勢住んでいたからだ。〈ミラノ式長屋〉と呼ばれる旧時代の集合住宅が軒を並べていて、都会の中の田舎、と少々野暮な感じがするのも気に入った。〈ミラノ式長屋〉とは、五、六階建ての建物が〈コ〉や〈ロ〉の字に中庭を囲んで建ち、各階の家が中庭側に通る共有の廊下で繋がっている建築様式を指す。日本家屋の回り廊下に似ている。廊下を伝い、他家の前を通り抜けて自分の家に入る。自分と他人の生活が公私で入り混じり、プライバシーはあるようでない。長屋の住人たちはほどほどの距離を保ち、互いに見張ったり見守ったりしながら暮らしている。他人との関わりを疎んじ人情味の薄いミラノで、運河地区には特別な温かさが残っている。南部イタリアの濃い人間関係には及ばないけれど、それでも関西生まれの私にはじゅうぶん親しみを抱く居心地だった。

家を探して、運河沿いのミラノ式長屋を何軒も訪ねた。その中に、外壁も玄関扉も雨樋《あまどい》も手入れされずひどく傷んだままの建物があった。各家の玄関扉は木でできていて、裂け目が入っていたり、歪んだままかろうじて蝶番《ちょうつがい》でぶら下がっていたりした。でも鍛造の鉄製の手すりやすり減った石の階段、廊下に連なる太い梁や踊り場に灯るオレンジ色の明かりを見ると、わが家に戻ったように感じた。

ミラノが、経済の首都として古い殻を脱ごうとしていた時期だった。がむしゃらな上昇志向が拝金主義と相まって、他を蹴《け》落としてでも、と町には張り詰めた空気があった。ギスギスしがちな人間関係にもまれて一日を終え運河地区へ帰ってくると、大きな〈村〉の懐にもぐり込むような気がした。

残念ながら、その古く味わい深い建物には空き家がなかったのだが、

「ああ、あそこね！」

番地を言わなくても、マスコミ仲間や地区に住む人たちはどの建物なのかすぐにわかるのだった。そこに長らくアルダが住んでいたからである。

アルダ・メリーニは、〈運河の詩人〉と呼ばれ皆から慕われていた。一九三一年ミラノの南部地区に生まれ、生涯の大半を運河沿いのミラノ式長屋で送った。イタリア現代文学の異才とされ、繰り返しノーベル文学賞の候補として挙げられてきた。

十五歳の頃に書いた詩をたまたま目にした教師や編集者たちがその才能に驚嘆し、アルダに文学の道へ進むよう熱心に励ます。華やかにスタートを切ったかに見えたが翌年、「心の中に影が現れる」とアルダは心の不均衡を告げ、ミラノの精神科病院に入院する。

ごく幼い頃から、アルダは闇を抱えて生きてきた。頭抜けた才能を持つのに、女性ということで義務教育のあと進学を認められず、「詩など、何の役に立つ？」と親から猛反対されて、楽しみとしてすら詩作を許してもらえなかった。羽をもがれた鳥同然だった。いったん病は落ち着き、結婚して運河地区に住み始め子どもにも恵まれたが、二十五歳で精

神障害を再発。闇は闇を呼ぶ。以降、四十一歳までの十六年間、精神科病院への入退院を繰り返す。長いときは、八年間にもわたって閉鎖病棟で過ごした。

「あそこから生きて外界へ戻ってこられたのは、奇跡でした」

病院での経験で、アルダの心は凍ってしまう。強制的に感情の起伏は抑えられ、そのうち感情そのものが消えてしまった。表情も言葉も失った。あれほど好きだった詩からも遠ざかった。一時退院が許されて帰宅しても、現実の世界が地獄のように感じられた。ただ黙ってうなだれて、幼い子どもたちの相手をして時間を過ごした。二十年近くにわたる、沈黙の期間の始まりだった。

アルダの詩は、運河の水のようだ。流れ着いては、再び出ていく。ときに留まり、濁って、黒々と沈む。彼女の詩には脈絡がない。時軸や立ち位置は定まらず、あちこちに飛んでいく。夢と現実のあいだを往来するような、幻想的な詩だ。

辛さや悲しみ、苦々しさ、怒りや絶望は、他の色では補正のできない黒い感情だ。黒は止《とど》めの色である。アルダの心は、変えようのない黒で占められていた。黒は、〈絶対〉を表す。けれども見方を変えれば、〈これ以上の公正さはない〉という確証でもある。裁判官の法服が黒いのは、黒がどんな色にも染まらず公正さを象徴するからだ。心の中に黒を抱えることはまた、絶対に揺るがない足場を持つようなものでもある。

「私にとって〈絶望〉は、詩を紡ぐ原動力でした」

アルダはよくそう話していた。

私がアルダを見かけたのは、彼女が長いトンネルからようやく抜け出した頃だった。最愛の夫を亡くし後見人も去り、いくら詩を書いても出版には至らず経済的に追い詰められていく。あの古い長屋の一室を芸術を目指す仲間に貸したりしていた時期もあった。にっちもさっちもいかなくなるとアルダは詩を書いて世間に救済を求め、全国からカンパが寄せられたりもした。

その頃、彼女の長屋の近くで間借りをしていた私は、近所のバールでその姿をよく見かけた。自作の詩を一編ずつ刷りバールの常連仲間に贈っていたのは、彼女が国際的に重要な文学賞をいくつか取った前後だっただろうか。運河地区によくいる、ごくふつうの初老の女性だった。丸くて優しい容姿で、ゆるやかに波を打つたっぷりの髪を無造作に流し、いつも大きな目で空に笑いかけていた。洋服はその朝、起き抜けに手に触れたものを身に着けた、という様子だった。柄ものを重ね着し、冬服と夏服が入り交じり、サイズもまちまちでどれも身に合っておらず、路上生活者と見間違うような格好だった。実際、自宅にも彼らをしょっちゅう招いて飲食を振る舞ったりしていたらしい。

アルダにとって、外も内も違いはなかった。境界を持たず、偏見も先入観もなく、隔たりなく誰とも親しかった。文学賞で賞金を得ると、使い切るまで市内の一流のホテルに泊まり、毎日散歩に出かけては路上生活者たちに金を配って歩いたという。彼女の生き方が詩だった。

イタリアには、通称〈バザリア法〉と呼ばれる精神保健法がある。一九七八年に公布された法律で、精神医療と福祉に関するものだ。精神科病院の廃絶を掲げた世界で最初の、そして現時点でも世界唯一の法律である。この法律の制定により、精神科病院の新設や既存の精神科病院への新規入院に加え、以前の患者の再入院も禁止された。医療や支援は、原則として地域精神保健サービス機関で行うことになったのである。治療は患者の自由意志のもとで行われる。

「自由こそ治療だ！」

精神科病院の廃絶を最初に唱えた精神科医フランコ・バザリアは言っていた。それまでは、精神病患者の症状の危険性を規定し強制的に精神科病院へ収容する権利を持っていたのは、警察署長だった。精神を病む人を一様に犯罪者同様の扱いにし、人権をないがしろにして否が応でも隔離してしまう。精神科病院への入院で、人間に烙印《らくいん》を押していいのか。

精神医療や福祉、その予防は公安の仕事ではなく公衆衛生であり、保健行政の管轄だ、とバザリア医師は主張した。閉ざされた暗闇に光を、という画期的な改革となったのである。弱者を地域で見守り助けていこう、と国が決めたのだ。他者に手を差し伸べることは、自分を救うことでもある。

以前より減ってはいるものの、今でも運河地区には芸術家気質の人が大勢暮らしている。アルダに限らず、自分の創造性を頼りに生きる人たちは自由奔放に見えて、心の内に孤独と葛藤《かっとう》を抱えていることが多い。ミラノの黒は、悪事だけとは限らない。闇にはそれぞれの事情がある。いつ誰が弱者側の立場になるともしれない。

運河地区の建物の大半は流行のパブやレストランへと姿を変えてしまったけれど、かつて長屋の共有廊下沿いに隣人を見守ってきた気遣いは、今でも運河地区に残っている。

＊トルストイ 著　中村 融 訳『アンナ・カレーニナ』（上） 岩波文庫 1989年

暮れていく

［銀］

二〇二二年。自由に予定が立てられない毎日になって、とうとう三年目に入った。いまだ収まらない疫病禍に右往左往していたら、春を目前にしてロシアのウクライナへの軍事侵攻が勃発し、すべてが揺らいでいる。〈一時停止〉のボタンが突然〈巻き戻し〉に押し換えられたような、世界の現状に暗澹《あんたん》とする。

身動きが取れないのは情勢のせいだと考えていたけれど、いったん立ち止まり、自分のこれまでを振り返ってみる時期とも重なっているのかもしれない。気づくと還暦を通り過ぎている自分に、驚く。遠かったはずの未来が、すでに過去になっている。

同い年のかかりつけの医者から、

「内田さん、自分は何歳だと感じていますか」

と訊かれた。実年齢に対し、〈主観年齢〉と言うそうだ。自分はずっと三十四、五歳のままだ、と彼は誇らしげに言った。もうまるっきりの新人でもなく、でもまだ壮年には至らない。それなりの経験と自信をもとに、さらに上を目指せる。体力気力に衰えはない。そういう実り多い中堅の入り口にずっと居続けている感じ、と笑った。きっと彼は、今までその頃が一番楽しかったのだろう。主観年齢は、幸せだった過去の自分へのラブコールのようなものかもしれない。

三十四、五歳の頃、私はどこで何をしていたのだろう。

大学を出てから十数年にわたり日本とイタリアとの往来を繰り返したあと、ミラノに定住を決めた。三十代初めの頃だった。出張で訪れるのと住人となって居るのとでは、同じイタリアでも見える情景が異なった。

とりわけ違ったのは、時間の流れ方だった。イタリアで暮らし始めると、一年は夏ごとに更新されるようになった。問題を抱えていても順調でも、とりあえずは暑くなるまでのことだ。夏の日差しとともに、〈ご破算で願いましては〉の声が天から下りてくる。すると誰もがいったんそこですべてを止めて、続きは秋へ見送るからだ。ひと月もふた月も宙ぶらりんのままで先送りにし、秋になって再び現場に戻ると、以前の事情を思い出せなくなっていることもしばしばある。あるいは、夏前の緊張感ややる気が失せてしまっている。やむなく最初から立て直しとなる。

だから六月が近づいてくると、うかうかしておれない。仕事も人間関係も、始めるのか終わらせるのか、夏までに決着をつけておかなければならない。すでに太陽は朝早くから勢いよく町を照らし、アフリカ大陸から季節風が吹き込んで蒸し暑い。たちまち素足やノースリーブ姿が闊歩し、アペリティフや夕食はもっぱら屋外で楽しむようになる。そして食卓の話題は、「バカンスはどこで？」。皆、もう気もそぞろだ。

中には、あと数週間も働けば早々に長期の休みを取る人も出てくる。六月初めには学校が年度を終えて三ヵ月間の夏休みに入るため、企業や商店がいっせいに夏季休業に入る八月を待たずに、子どもに合わせて休むからだ。バカンスの早番、とでも呼べばいいか。諸々が盛夏より割安なので、若い世代の家族連れや学生たちで海や山がにぎわい始める。

この時期にミラノ中央駅から電車に乗り込むと、平日なのに車内が浮き立っている。私は仕事の移動で、ニコニコ顔の乗客はバカンスの早番組だ。うらやましい。けれども私のような自営業者は、休むと仕事がなくなる。それに、パパラッチ（有名人を追い回してゴシップ写真を撮ろうとするフリーランスのカメラマンの総称）と組んでスクープ撮りをしたり現場で聞き込みをしたりするのが私の仕事で、夏はネタ《商材》のかき入れどきだった。長らく私にとってリゾート地は働く場所であって、休みに行くところではなかった。

「粋なバカンスは、皆が引き上げたあとに始まるんだよ」

写真仲間のマリオは、スクープのベタ焼き（写真フィルムを印画紙に密着させて原寸プリントしたもの）を渡しながら言った。フランスのニース空港からモナコのモンテカルロまで、ヘリコプターで飛んできたところだ。南仏のコートダジュール一帯の陸路は、夏場は渋滞して時間が読めない。それでこの時期マリオは、締切に間に合うように空港からヘリコプターで移動する。当時はまだインターネット環境が整っておらず、写真原稿のような容量を食うデータをうまく電送することができなかった。何より確かな手渡しで入稿していた。

「もうじき学校が始まる頃だろ？　盛夏を過ぎると海の色が変わるのが、上空からよくわかるんだ」

私たちは夏場だけ浜辺に店を開く食堂に席を取り、海を見ながら特ダネを確認する。これまでバカンス客や物売りで立錐《りっすい》の余地もなかった浜からは、パラソルやサンチェアが引き上げられ始めている。夏じゅう潮風と強い日差しを受けて、真っ赤だったパラソルはすっかり色がはげている。今、浜辺でくつろいでいる大半は、地元の人々だろう。やっと海が自分たちに戻ってきたのだ。

老人がズボンの裾をたくし上げ、幼い孫とサンダルを脱いで砂浜に並んで座り、波に足を浸して大笑いしている。赤や黄、緑色のプラスチックのスコップや小さなバケツなどの夏の残骸が、波で打ち上げられている。老人は孫の手を引いて波打ち際を歩きながら、流れ着いたオモチャを拾い上げビニール袋に入れていく。その都度、孫が歓声を上げている。
人が引いた海で、遅番のバカンスが始まる。喧騒や強烈な日差しの代わりに、夏の余熱を残した優しい海と行列なしのジェラートを味わえる。波の向こうでカモメの鳴き声が重なる。沖合には、〈耳〉と船乗りたちが呼ぶ白い波頭が無数に立っている。これから西風が上がってくるのだろう。海は、緑がかった水色から黒みを帯びた藍色へと変わりつつある。日差しは水面に跳ね返らずそのまま海へと沁み入り、海面近くが銀色に光っている。風を受けて波頭が砕けてきらめき、すぐに海原に飲み込まれてしまう。鈍色に沈む海はもの哀しく、どこか退廃的だ。大きな鏡面となって、過ぎていく夏の空を映している。

その夏最後の特ダネの売り買いを終えてマリオと別れ、近くの駅へ向かった。海がにぎわい出して以来、いつも駅舎横の空き地に車を停めさせてもらっていた。近辺の駐車場はすぐに満杯となり、路上駐車も難しい。カメラマンや記者と会うのはたいてい突然で時間の余裕もなく、都度、駅の世話になった。以前、嵐の夜に停電で日本へ原稿を送信できなくなったとき、駅夫オズワルドに助けてもらったのがきっかけで得た縁だった。いきなり駆け込んできて助けを乞う私に、面識もないのに黙って電源と電話回線を使わせてくれたのだった。

「食べ終わったら出かけるんだが、来るか？」

ひと夏世話になった返礼に食事へ誘う私の顔を見もしないで、オズワルドは出し抜けにそう返した。オズワルドは友人たちとの昼食を終え、アイスクリームを取り分けているところだった。皆、外に置いたテーブルでくつろいでいる。

改札を出たところに広い車寄せがあり、そこから駅舎の奥にある倉庫の前までが空き地になっている。資材を搬入するトラックの通行路として空けてあるのだ。オズワルドの妻も駅員で、夫婦そろってこの駅で働いている。駅周囲の空き地は、オズワルド一家にとって居間の延長のようなものだった。

これまでずっと、オズワルドは仕事のあとも何かしら体を動かしてきた。大柄で腕力があり、たいていの作業なら一人でやってのけた。あるとき彼はトラックの通行路の隅にコンクリートブロックを四個置き、それぞれに鉄棒を立てて屋台骨とし屋根代わりに葦簀《よしず》を張り、その下に屋外用のプラスチック製テーブルを置いた。

「絶景を拝借だ！　もしとがめられても、分解して片づけられるからだいじょうぶ」

自慢の食堂を設えたのだった。

夏が終わり学校が始まる頃には臨時列車の運行もなくなり、駅は閑散としている。そのテーブルに着くと、視界には海と空が映るだけだ。凪《なぎ》が過ぎ、海が少しずつふくらみ始める。丸みを帯びた優しい海面がゆっくりと上がってくる。

「家へ戻ってきたときに風が収まっていたら、少し切ってあげましょうか？」

妻がオズワルドの耳の上あたりにそっと手櫛を入れながら問うと、彼は照れくさそうにうなずいている。額の真ん中にひとつかみの髪が垂れてキューピー人形のようで、いかつい顔に不釣り合いの愛嬌《あいきょう》を添えている。葦簀からもれる日差しを受けて、オズワルドの白髪が銀色に光る。

「まあ、うらやましい！　ついでに私の前髪も少し短くしてもらえないかしら」

昼食をともにした女友だちが声を上げた。七十代後半くらいのその人は、耳たぶあたりで髪をまっすぐに切りそろえて潔い印象だ。ほとんど白髪で、藤色のハイライトを入れている。海からの風にあおられて、薄青色に染められた内側の髪が見え隠れする。薄衣が幾重にもなびいているようだ。

「これはね、〈月光に打たれて〉という染め方なのよ」

〈太陽からのひと筋〉と呼ばれる髪染めもあり、広く知られている。茶色や黒い髪を、つまりまだ白髪ではない女性が、何ヵ所かつまんで金色や明るい茶色に染める方法だ。頭に太陽が宿って四方に光線を放つようで、夏らしい。

一方、〈月光に打たれて〉はあまり耳慣れない。白くなった髪と老いていく自分を愛おしむ手入れだ。夜空を淡く照らす月から、そっと髪をなでられる場面を思う。誰が考えたのかは知らないけれど、太陽の活発さと月の控えめさはどちらも魅力的であり、そして影があるからこそ光は映える、とそれぞれの意義も伝える秀逸な呼称だ。

人生の夕暮れへと向かう人たちの背後で、海はいぶし銀色に広がる。この先、先頭を切って走ることはもうないだろう。でもそこへたどり着いた今だからこそ、これまでのハイライトシーンをそっと取り出して心ゆくまで味わえる。失ってみて、得ることができた褒美だ。

「おう、行くぞ」

私がコーヒーを飲み終えるのを見て、オズワルドは食卓を立った。

どこへ行くとも何をするとも、説明しない。二十個はあるだろうか。リングに通したさまざまな鍵をジャラジャラ鳴らしながら、ジーンズのベルト通しに引っかける。倉庫から鉄製の道具箱と電動ノコギリ、銅線や麻紐のリールを荷台に積んだところに、妻が軍手やタオルといっしょにクーラーボックスを持ってくる。

「無理しないでくださいよ。もういい年なのですから」

よく冷えたジュースや水が入っている。焼き菓子が入った紙袋も見える。

オズワルドと知り合ってまもなくのことだった。彼は線路の砂利整備をしているときに足を取られ、そのとき入ってきた電車にひかれて右手を失った。頑丈な身体と強い精神力のおかげで重篤な状態を乗り越えた、と聞いた。器用で手作業が何より好きだった彼が大切な道具である手を失い、どのような気持ちでいるのだろう。私は見舞いに行く勇気が持てなかった。

事故から数ヵ月経っても駅はがらんとして、シーズンオフのような状態が続いていた。交替の駅員も来ていたのだろうが、その日の最終電車が通過すると、駅舎からは灯りが消えて真っ暗なままだった。

古い樹齢のカサマツが駅前に立っている。枝を高く伸ばし、海と向き合っている。これまでの夏、私は駅の空き地に車を停めるときまって、仕事の打ち合わせぎりぎりまでカサマツの下から海を見ていた。すると駅からオズワルドが出てきて、知らんふりの顔でぶらぶらと坂道を下りかけ、ふと足を止めて自分もカサマツの影に入って横に立つのだった。

〈あ、ボンジョルノ《こんにちは》〉

目礼をする私をオズワルドはチラリと見やるだけだった。挨拶もなく、元気か、と訊かれることもなかった。

「まあ、行っておいで。だいじょうぶだから」

では、としばらくしてから私が歩き始めると、オズワルドは必ず背後からそう声をかけた。

車は任せろ。がんばって。きっと仕事はうまくいく。気をつけていってらっしゃい。

すべてを込めた、彼からのエールだった。

そのオズワルドが、手を失った。

彼を病院に見舞う代わりに、連日カサマツの下へ行って海を見た。夏の太陽はあまりに明るく、海からの照り返しに目を開けていられなかった。


昔から鉄道員には、有給の〈温泉休暇〉の制度があった。イタリア半島にはいくつかの火山帯が通っていて、古代ローマ時代からの湯の元が各地にある。事故に遭うまでは、オズワルドも大好きな電車に乗って妻と温泉巡りを楽しんでいた。年に一度の夫婦水入らずの旅だった。ささやかな幸せ。旅から戻ると自慢の食堂に友人たちを招待し、ご当地の土産を渡して一年の無病息災を祝った。今回の怪我《けが》に効く、と勧められてオズワルドはいくつか湯治を試した。どんなに遠くの温泉へも、妻が車で連れていった。あれほど鉄道が好きだったオズワルドは、もう電車に乗ろうとはしなかった。

海沿いに走っていく電車が、私の家からよく見える。少し先に小さな岬があり、そこにオズワルドの駅がある。あの嵐の夜、暗闇にそこだけ灯りが点いているのを見て、原稿をつかんで光に向かったのだった。以来、何か問題に突き当たると、駅の灯りを思うようになった。私にとって〈駅の灯り〉はオズワルドであり、闇の中の灯台だった。

そのオズワルドが心も失いかけていた。夜、駅に灯りが点かなくなって、長い時間が経った。

「〈海の食堂〉の再開だ」

そして、いつもの調子で電話があった。それだけ言うと、切れた。挨拶も自分の近況報告もなかったけれど、それで十分だった。

電話をかけたんだ、わかるだろ。だいじょうぶだ。屋外での食事はうまいぞ。遊びにいらっしゃい。待っているから。

すべてが詰まった、彼なりの挨拶だった。

行くぞ、と言われて道具箱や麻紐、クーラーボックスを積んだのは、私の車である。オズワルドは大きな背を丸くし、助手席を目一杯うしろに引いて座っている。駅に通じる道は一本道で、往路にも復路にも町の人たちの顔が見える。助手席のオズワルドに気づくと、クラクションを鳴らしたり窓から手を振ったりしている。おう、おう、と都度オズワルドも手を振り返す。クラクションがいくつも鳴るので、歩道を行く人たちが〈何ごとか〉とこちらを見て、オズワルドを見つけて驚いている。信号で止まると、沿道の建物の窓からも「おーい！」と、オズワルドに声がかかる。

ハンドルを握りながら横目で見ると、オズワルドが袖口で目を拭っている。

この小さな海の町で、オズワルドの世話になったことがない人はいないだろう。海へは、駅前のトンネルをくぐると近道だ。夏は露天商も出たりして、参道のようなにぎわいになる。駅へ向かう坂道の下には、町にただひとつの教会もある。赤ん坊が洗礼を受けるのも結婚式も、そして葬儀も行われる。町の喜びと悲しみを、駅はそばについて見守っている。

オズワルドは、駅から教会への道沿いにブーゲンビリアやミモザ、イチジク、レモンの木を植えて、果実や花が絶えないように手入れをしてきた。カサマツやコショウの木が大きな影を作って、そのオズワルドを夏の日差しから守っていた。冬は野良猫が駅の前の日向《ひなた》で過ごし、ツバメが春を告げ、カサマツの木陰でセミが鳴いた。駅は、地味だけれど穏やかな町の暦だった。

代々この町に別荘を持ち、ミラノやトリノ、スイスやドイツなどからも週末やバカンスを過ごす人たちがいる。にわか造りの集合住宅とは違って、古くからの別荘は建築様式も凝って庭も付いているところが多い。ニースやカンヌは美しい海で有名だが、気候はこの町のほうがはるかに穏やかである。南仏の混雑を疎んじて、ここを休養地に選ぶ人は多い。夏のバカンスはもちろん、穏やかに冬を過ごしにやってくる。半ば定住者の気持ちだろう。それでも、やむなく長期にわたり別荘は閉めきったままになる。

そこで、オズワルドの出番だった。いつも駅にいて、町への出入りを見ている。殺風景なプラットホームで電車を待つ人はいない。なにせ駅のすぐ下が波打ち際なのだ。花が咲き、猫が寝そべる。鳥やセミが鳴き、潮の香りがする。乗客は、発車時刻まで外にいる。

オズワルドは、電車を待つ人たちになじみの顔を見つけると、

「ちょうど飲もうとしていたところだ」

エスプレッソコーヒーを入れたカップを手に出てきたり、

「今朝、採れたんだよ」

駅前の木からもいだレモンを鼻先に差し出したりした。

着いたばかりの電車から降りてきた男性はオズワルドを見つけると、

「実家に行ってきた」

と、故郷の自家製チーズやサラミソーセージを手渡している。二人は同郷なのだ。

駅は、気持ちと情報が交差するところだ。符牒を交わすような大雑把な立ち話であっても、町の仔細《しさい》な今がたちまち知れる。先代からのつき合いも多い。新入りの別荘族も、近所や店から評判を聞いて駅へやってくる。

「今日は電車には乗らないのですがね」

そう言い訳をしながら駅を訪ね、オズワルドから〈海の食堂〉の席を勧められてコーヒーを飲む。ひと夏を終える頃には、オズワルドに別荘の合鍵を渡すようになるのだった。

家は、住まなければ傷む。雨戸の蝶番が外れたり、玄関の呼び鈴が鳴らなくなったり。スズメバチが巣をかけ、ネズミやイタチが屋根裏に棲《す》みつく。せっかく育てた果樹が枯れてしまった。庭にピッツァ用の窯を造りたいのだけれど。雨樋が外れた。壁のペンキ塗り替えはどうしよう。半日不在にするあいだ猫の相手をしてくれないだろうか。相談されると、オズワルドは駅の作業を終えたあと現場へ出向き、困っている皆に手を貸してきた。

金銭での謝礼は、決して受け取ろうとしなかった。代わりに贈り物を、と悩むが選びようがない。オズワルドが喜ぶのは、自慢の食堂で飲み食いをともにすることと大工仕事や園芸、生き物の世話をすることだったからだ。

「いや、こっちが礼をしたいくらいなんだよ」

オズワルドは、頼まれるのがうれしいのだった。北部の寒村から赴任してきて、何も持たない自分と家族を受け入れてくれたこの町を第二の故郷だと思ってきた。

季節の端境期になると、預かった鍵の束を持ってオズワルドは町を回った。皆が知っていた。防犯ベルやカメラを設置したり保険に入ったりするより、ずっと効率がよく確かだろう。いつも助けてもらっている町の住人たちも、オズワルドといっしょに目を光らせた。もし何か起きて、オズワルドが責められるようなことがあってはならない。守られて、守る。

事故で失われたのは、オズワルドの右手だけではなかった。住人も別荘族も、大切なよりどころを失くしてしまった。

今日、再び彼が町を回り始めたのが、皆うれしくてならない。黙って、でもいつも必ずそこで見ていてくれる。

日が暮れたあと、空の一角から静かに照らす月のような人がいる。

海から生まれる

［透明］

サルデーニャ島の東南部にあるその村の近くには、小さな湾がいくつか連なっている。どの浜も指先ほどの大きさの灰色の砂利で覆われて砂はなく、砂利の先で足の裏を刺されて素足では歩きづらい。波は細く巻いて寄せ、筒を転がすように引いていく。引き潮に巻き込まれた砂利がカラコロと鳴る。波打ち際からの海は一見穏やかだが、陸から離れるとすぐに数十、数百メートルの深みが待ち受けている。そこを速い潮が流れる。やや浅いところには岩礁が突き出ている。岩の向こうには、背の高い海草が鬱蒼《うつそう》と繁っている。いったん迷い込むと抜け出るのが難しい、海の森だ。この海を行くには、単に方角がわかっていれば済むというものでもない。刻々と変わる海底の地形や季節、時刻により異なる潮の動きにも精通していなければ、通り抜けるのは難しい。

その村には最寄りの空港はもちろん鉄道もバスもなく、舗装された道路からも遠い。道には標識も照明もない。陸や空、そして海からすら、たやすく近づかれるのを拒んでいるようだ。島の他の町とは違って開発は進まず、知る人ぞ知るというところだった。

そのような村を私が訪れたのは、島の周りの海の記録動画を撮るために、何年も前からサルデーニャ島に通う友人に誘われたからだった。

「どうせなら海から行こう」

現地の事情をまったく知らない私は、提案されるままにイタリア半島北のジェノヴァ港から船に乗った。地図では地中海の一部であるリグリア海を越えればすぐのように見えるが、まず島北部の港に寄り、そこから南下して最終港に着岸するのは十七時間後だという。夕方にジェノヴァを出航し、「うまくいけば、翌日の昼は島で食える」。

夏のバカンス時期になると、別荘やリゾートホテルが多い島北部へは、船や飛行機の臨時便が運航される。いっぽう島の東南部への航路には、不釣り合いなほどの大型フェリーが一年を通して定期便として就航している。私が初めて訪れた頃は、週に一、二便程度だったように思う。

春が始まる頃や秋の終わりには、きまって季節風が吹き荒れる。ふだんはおとなしい地中海が、大きくふくらみ渦を巻く。そこそこの船では難破する危険がある。いったん島北部の港を出ると南部の最終港までは寄れる港がないため、島の東側の長い航路を一気に突っ切らなければならない。進むことも戻ることもできないところで大風に遭うと、大変だ。半島側の港湾監督事務所は気象情報をにらみ、航海中や入出港予定の船舶に無線で絶え間なく情報を流す。気象庁からの予報を聞き、星を観て、船乗りたちは海を読み風を聴く。

「コルシカ島のあたりで、少し揺れるかもしれないな」

船上でゆったり時間を過ごすクルージングではなく、これは半島から島への一昼夜かけての移動である。乗船賃の節約にもなるし海を間近に見ることもできるので、ふだんは甲板の椅子席を取る友人が、気象予報を見て今回は迷わず個室を予約している。

個室は一見、寝台列車と似た造りだ。室内は実に素っ気なく、狭い。無駄な飾り物や置物の類いがいっさい見あたらないのは、船の揺れで倒れたり破損したりすると危険だからだろう。錆止め塗料で灰色に塗られた鉄製のベッドが蚕棚のように二段になっている部屋もあれば、横並びでベッドが置いてあるタイプ、一人専用、トイレと洗面所付きなど、いろいろだ。床は総じて薄灰色のピータイル敷きで、ドアは簡素な鍵付きのやはり鉄製で灰色だ。特別室や一等室は上階にあり、それ以外の部屋は駐車スペースからさほど遠くないところにあった。絶え間なく轟々《ごうごう》と機械音と振動があり、重油の臭いが湿った空気に沁み込んでいる。トンネルにいるような錯覚を覚える低い天井と細い廊下を挟んで、船室が並んでいる。

イタリアで船上泊するのは、ナポリからシチリア島へ旅したとき以来だった。大学生でお金がなくもちろん甲板席で、食堂も利用できずひもじい船旅だった。夏でも夜になると、甲板は冷える。同行した数人で身を寄せ合い、ありったけの衣服をリュックから引っ張り出して頭から被り、震えながらひと晩過ごしたのを思い出す。

「夜中の航海だから何も見えないだろうけれど、やっぱりあったほうがいいよ」

友人の声に我に返る。勧められて窓付きの部屋を選んだ。映画や雑誌で目にする、革張りの椅子や造り付けのワードローブ、ライティングデスク、海を一望できる窓にビロードのカーテン、という部屋とはまったく違っていた。楕円形の小さな窓ははめ込みで開かず、鉄製の窓枠は何本もの無骨なネジで固定されている。潮で窓ガラスは曇り、ぼやけた小さな景色が見えている。外見はどっしりと頼もしい船は、乗ってみると、海と風とのせめぎ合いから乗船者と積荷を守る、巨大な鋼鉄の箱だった。


夜、コルシカ島の海域に入ってまもなく、船がゆっくりと海面を打った。眠っている鯨が寝返りを打つような感じだった。ところが次の瞬間、船は首を高く持ち上げると、向かってくる大波を正面から捉えて胸元に押さえ込んだ。羽交い締めされた波が、満身の力で船の底へ回り込んで引っ掻く。すると船はすっと力を抜いて腹を揺らし、もがいている波をいったん放してやる。砕かれた波は船の下腹から脇へと逃れ、そのまま大慌てで海面へと突き抜け、残った力を込めた拳をやみくもに振り回しながら挑み返してくる。今度は容赦しないぞ、と船は大きな腹で暴れる波を粉砕していく。バッシャーン。ドドーン。都度、船首が上へ下へと大きく振れる。私は身体を寝台にしっかりと押し付け両腕で柵につかまって、ベッドから振り落とされまいと必死だ。船は猛々《たけだけ》しく突き上がる波にまたがっててっぺんへ上りつめるが、すぐにまた急直下して全体重で海面をたたきつける。ちょうどジェットコースターで急上昇と急下降を繰り返すような感じだ。

船室が素っ気なくてよかった。開かずの窓で助かった。ベッドが幅狭なのは、こういうことがあるからだったのか。「しっかりつかまっていなさいよ」とばかりに、ベッドは鉄柵をギシギシ鳴らしている。

このあたりの海には海面に段差がある、と聞いていた。風向きや潮流が変わると、海が分断するのだという。ときに高低差は数メートルにも及ぶらしい。そして、船は跳ぶ。帆を畳み、前傾姿勢で難局へ臨む。乗り越えられるか、呑まれるか。命懸けの勝負に、海の男たちは奮い立つ。古代から繰り返されてきた挑戦だ。

黒い海の飛沫が、楕円の窓を激しく打っている。船が軋む音に身を固くし、頭を空にする。運命は船底一枚に託される。生きた心地がしない、という言い方があるけれど、コルシカ沖での夜を経てからはもう、簡単には使わない。

長い夜を抜けると、鏡面のような海の向こうにサルデーニャ島があった。

船長の采配のもと、機関部は決死の覚悟の一夜だったのではないか。航海士たちや甲板部、通信部、事務部は、どう体制を組んでいたのだろう。足元に規則正しい振動が戻り、ドア越しに低く機械音が聞こえてくる。廊下を行く足音が聞こえたので、そっとドアを開けてみる。

廊下の奥から乗組員が小走りでやってくる。半開きのドアから頭だけ出して目礼すると、彼は穏やかな目で返礼しながら行き過ぎかけて立ち止まり、

「甲板に出るのは、もう少しあとのほうがよろしいかと」

振り返って告げた。そのうしろからモップやデッキブラシとバケツを手にした乗組員たちが、二人三人と足早に続く。

まもなく日の出だ。曇った窓に太陽はまだ見えないけれど、黒で塗り潰した景色の真ん中あたりに、横一本、薄黄色の線が通っている。次第に横線はふくらみ、空の裾が少しずつ海に浸っていき、海面が濃い黄色へと変わっていく。窓は、楕円形の映画のスクリーンのようだ。少しずつ光の筋は太くなり、そこから細い線となって分散していくのに見惚れていると、ドアがノックされた。しばらく前にもう身支度も済ませ、室外へ出るのを待ち構えていた私を見て友人は、

「おっ、事なく大波を乗り越えたようだね」

風避《かぜよ》けのジャケットを重ね着しニット帽を被って、私たちは表へ出た。この航路に乗り慣れている友人は、海が落ち着くのを待って、船内をひと回りしてきたという。廊下は静まり返っている。まだ皆、眠っているのだろう。

「あれほどの難航のあと、すぐに立てる人は少ないんでね」

昨夕、「これを夕食代わりにするといい」と、彼からクラッカーをふた包みほど渡された。せっかくの船旅なのに。ディナーでしょう？　簡素だったが船内の食堂で記念にワインと魚料理でも、とメニューを眺めて楽しみにしていたところだった。それなのに、クラッカー？　味どころか塩すら付いていない、最も安いクラッカーだなんて。

「クラッカーで口の中がパサつくだろうが、水もほどほどにするように。まずいからといって、抜くんじゃないよ。空腹もよくないからね。味気ないと思うなら、これでもはさむといい」

そう言って、小さな瓶詰めを差し出した。出航前にジェノヴァ港の売店で手に入れたアンチョビだった。数ヵ月間、塩漬けにして発酵させたカタクチイワシをオリーブオイルに漬けたものだ。昔から長期で航海に出る際、船乗りが携えた保存食だという。湿気《しけ》ると扱いづらい塩の代わりとしても使う。魚醤《ぎょしょう》に油を加えたようなものと思えばよい。南部の古代都市ポンペイでは、紀元前から高級食材として重宝されていた。身を開いて骨ごと漬ける。かなり塩辛いけれど、一片つまむとまたもう一片、とあとを引く。小指ほどの小魚なのに、海を凝縮して口に放り込むようなうま味がある。せめて冷えた辛口白ワインでも合わせないことには、あまりにさみしいでしょう。

「アルコールはだめ。アンチョビもせいぜい一片にしておくこと。でないと、ひと晩じゅう水を飲む羽目になるからね」

クラッカーは、余計な胃酸を吸い取ってふくらむ。原材料は粉と水だけで、胃にもたれない。発酵食品のアンチョビとの相性はよく、口福を連れてくる。海が荒れそうなときや船に弱い人は、乗船前に過食や乳製品を避けてクラッカーを食べるとよいとされる。ヒラメのムニエルにするか金目鯛《きんめだい》のアックアパッツァか、いやムール貝のワイン蒸しもおいしそう、の妄想からいきなり袋入りのクラッカーだなんて。

夕刻に甲板近くのバールのカウンターで、チーズやサラミをつまみながらネグローニを手に談笑する人たちを横目に、食堂の入り口に貼ってある〈本日のメニュー：海の幸のミックスフライ〉も素通りして、友人の助言通りに船室で渋々クラッカーをほおばった。たらふく飲み食いしていたら、昨晩のあの揺れを乗り越えられたかどうか。船酔いどころか、五臓六腑がそっくり飛び出すような揺れだった。

甲板に出てみると、朝の空が海に迫っている。昇る太陽で水平線が黄色く染まっているので、空と海の境目がわかる。水平線から何本も金色の細い筋が延び、さざ波を縫っていく。神々しい情景を見ているのは、掃除や片づけをする甲板員と食堂とバールの準備にかかる事務員、そして私たちだけだ。甲板席には、夜の湿気で水溜まりができている。チーク材でできた甲板は、ひと晩じゅう波を被って黒々と濡れたままだ。よく見ると、甲板のあちこちで寝転がっている人がいる。背を丸めて横を向いたり仰向《あおむ》けで膝を立てたりだが、誰も微動だにしない。

「腹一杯食って飲んだ組だ」

船の二日酔いの上にも朝日は昇る。友人に手招きされて、舷側の手すりに寄りかかりながら下を覗く。白い船体が黒い海に切り込むように進んでいく。相当の水深なのだろう。重いエンジン音に重なって、掻き分けられて弾ける海の音が聞こえる。船首が押し退ける先から白い波が立ち、緩やかに曲線を描いて左右に分かれ、外へ向かって広がっていく。引き波は舷側から船尾へと規則正しく白い跡を付け、しばらくすると消えていく。船が黒いキャンバスに描く、儚《はかな》い幾何学模様だ。

見惚れていると、右舷の数十メートル先の海面に小さな航跡が現れた。モーターボートか漁船でもいるのだろうか。こちらに小さな線描が近づいてきて、黒い三角が現れたり沈

んだりするのが見える。すわサメか、と声を上げて身を乗り出す私に、

「ここで落ちても、拾い上げられませんからね」

甲板員がからかい半分警告半分で声をかけ、そばを通っていく。三角は船につかず離れず、同じ速さでついてくる。そのうち三角は二個、三個と増え、いよいよサルデーニャ島の陸の縁が見え始めると、三角たちが勢いよくいっせいに跳び上がった。イルカだ。金色の朝日を浴びながら、しなやかに曲線を描く。互いに距離を置き、順々に空に舞う。何かの曲に合わせるかのように軽妙で、跳び上がるときに薄く口を開くのが笑顔に見える。

「マリア、昨晩は大変だったよ」

甲板員が船首から沖合へ向かって叫ぶ。それに応えるように、ツウッとイルカが水面ぎりぎりを泳いでいき、少し先で跳び上がる。

「いつも迎えに来てくれるんですよ」

マリアの横を行くのはカルラ、そのうしろはニーノとベッペ、船のすぐそばまで来て大旋回してからまた群れの最後尾へ戻っていくのはトト、と紹介してくれる。群れは、水の中でも跳び上がっても乱れない。縦に並び、のびのびと尾を上げて海を行く姿は、五線の上の音符を見るようだ。

イルカを見ながら乗組員たちは各々、声をかけたり胸元で小さく十字を切ったりしてい

る。どれだけ離れていても、イルカは近づいてくる船を察知して待っている。そしていよいよ自分たちの領域へ船が入ってくると、そこから領域の端までつき添う。

「警戒しているのではありません。無事に再会できたことを喜び、出迎え見送ってくれるのです」

その海に不慣れな船が通ると、イルカは仲間の数を増やして船の脇へ付く。ちょうどプールにレーンロープを張るように、イルカは身を挺《てい》して水先案内を務める。島が見えると安心する船もあるだろう。しかし、黒い海は底が知れない。突然に突き出す暗礁や海草の樹海に航路を妨げられないように、イルカたちは先を行き、要所要所で跳び上がって合図し、船を誘導するのである。


「うちの村では男に生まれたら皆、マグロを追って生きてきました」

サルデーニャ島近くの小島、サンタンティオコ島の出身というその乗組員は、横に付いているイルカとときおり目を合わせながら話す。

紀元前からイタリア半島を取り巻く海には、本マグロの潤沢な漁場がいくつもあったとされる。〈ライス〉と呼ばれる漁労長のもと、十数名の船乗りが古来のはえなわで捕獲する。マエストロの工房で修業する弟子職人のように、伝承されてきたマグロ漁の秘技を体得する。マグロは大きくて重く、力強い魚だ。海の知識と腕が試されるマグロ漁に関わることは、ずっと地中海の男たちの夢だった。時代が移り最新設備の大型船の台頭で、現在イタリアに残るマグロの網元は、サルデーニャ島に二港、シチリア島に二港、リグリア州に一港の合計五つにまで激減してしまった。

マグロ漁は荒くて辛い。しかし世界市場は、年間四百十億ドル（約五兆六百億円。二〇一八年度Pew Charitable Trustsの統計）と巨大で、実入りのいい漁業だ。だから十数メートルほどの船でも、島の網元はマグロ漁業を続けようとしている。サルデーニャ島近海で獲り終えると、南下してシチリア島を越えてアフリカ大陸北部まで魚群を追いかけていく。漁の都度、水揚げするために港へは戻らない。母船と呼ばれる、冷凍設備を搭載する大型船と沖合で待ち合わせて直納するからだ。仲買業者が大口の買い手との間に入り手配する。小さな漁船は処理や競りの経費をかけずに、次のマグロを追える。マグロと引き換えに、母船からは燃料や水、食料や網や備品が補充される。小さな漁船は、漁獲量も設備も大型船にはとうてい敵《かな》わない。大手競合の子飼いとなって働き、生き残ろうとしている。実利こそ己の大義、と割りきる。飲み込まれた大魚の腹の中で生き延びたピノッキオのように。

マグロを追いかけ、男たちは海から海へとわたり続ける。家族からも陸《おか》からも離れて、漁は数ヵ月、時には一年以上にも及ぶ。海に囲まれ、次第に孤独へと追い込まれていく。

「マグロは、血なまぐさい魚でしてね」

高値のつく本マグロやインドマグロの群れをなんとか当てたい。人間の欲が魚群に連なる。皆のものであるはずの海は縛られ、自由が失せていく。漁場は仕切られ、利権は一手に握られる。闇世界を牛耳る組織が元締めになっている、とも耳にする。大きな利益は、黒い決まりごとを生む。規則に逆らう者は、海に沈む。

マグロの質は、血の扱いにかかっている。

全力で暴れる魚を甲板で押さえつけ、脳天に銛《もり》を突き刺し即、脳を砕く。エラ横の動脈と尾を切り、流血の道を作る。脳は死んでも、心臓は動く。そのまま海水を流し込んだタンクに放してしばらく泳がせ、血を抜ききる。それが済むと、ぐいっと金棒を差し込んで脊髄の中枢神経を壊す。死。これで身は硬くならない。

「あとは尻の穴から腸を引きずり出して切り、エラ蓋に手を突っ込んで一気に内臓を引き抜けば終いです」

穏やかな口調だが、血は血で流す、とその世界の掟を聞かされるようでひやりとする。

一匹でも多く百グラムでも重い漁獲高を狙って、船乗りたちは鎬《しのぎ》を削る。釣り上げて血を搾り取った先に、その先の生活がある。

マグロが泳ぐ海域には、サメも棲息している。血を追いかけるのは、人間だけではない。

厳しい海はまた、豊かな漁場でもある。目まぐるしく変わる自然環境は、多様な生物の棲《す》み家《か》となる。サメは雑魚をつまみ食いしながら、濃い血を待っている。

「村には、身体のどこかしらを失った男が大勢います」

遠洋に出かけたまま、二度と戻ってこない者もいる。海に追い詰められ、独り、一切合切を清算してしまう。海が荒れた翌朝の点呼は、しばしば弔いの黙禱《もくとう》へと変わる。

「欲も流血沙汰も、消えた仲間も、あいつらが見守ってくれているのです」

それまで海から出たり入ったりしていたイルカたちは、あるところまで来るとピタリとついてくるのを止め、いくら目を凝らしてももうどこにも三角は見つからなかった。

最終港で降りた人たちは、私たち以外は皆、その港の村や周辺の住人か親族だった。布袋ひとつを肩に降りスタスタ歩いていく人もあれば、迎えに来た父親らしい人の車に大きな荷物を積み込む若者もいる。

ここへ就航するのはこの船だけなので、出迎えも含めて互いによく知っているはずだが、航海中にやりとりする光景は見かけなかった。村の知り合いの姿が目に入ると、合図でも送るかのようにあごを小さく上げるだけで、そばへ寄っていってしゃべったりしない。冷淡なのかというと、そうでもないらしい。むしろ、知り合いから一瞥を受けると、けっして見落とさずに相手に目線を返す様子に、仲間うちに流れる連携を感じた。対話は人間の特技だけれど、気持ちを伝えるのにいつも言葉が必要とは限らない。イルカと目を合わせていた島出身の甲板員を思う。

マグロ漁の漁労長の呼称〈ライス〉(rais)は、アラビア語の〈頭《かしら》〉から来ている。この呼称を使うのは、サルデーニャとシチリアの漁師たちだ。深い敬意と賞賛を込めて、現在でも網元の頭をこう呼ぶ。この呼称から、昔はアラブの人々が長となり、マグロ漁を介してふたつの島の男たちを統括していたことが知れる。

シチリアとサルデーニャとでは、同じ島でも人の気質が異なる。シチリアの人は熱く、人好きで、感情の起伏をあけすけにする人が多い。いっぽうサルデーニャの人は、とっつきがよくない。沿岸より内陸に住むのは、厳しい地形のせいだけではないだろう。島外の人と容易に交わらない。気持ちを封じ込み、じっとうかがっている。しかしいったん気持ちが通うと、関係は一生揺るがない。洋々と波のようなシチリアと岩礁同様に頑なサルデーニャと、アラブは緩急を操り地中海を采配した。

船から人が降りてしまうと、港は大型船だけを残していっそう空っぽに見える。マグロ漁で知られる離島出身の船員は、ここで降りてしばらくぶりに家へ戻るという。船員は曳《ひき》舟《ふね》の船長と少し立ち話をし、私に向かって手招きをした。

「海と岩と空しかないところですがね」

里帰りの前に曳舟の船長の自家用船に泊まるのだけれどいっしょにどうか、と誘った。

「お見せしたいものがあるのです」

天井の低い船内へ入ると、船に抱き締められるようだった。船に女性の名前を付ける慣《なら》わしの意味がよくわかる。ハンモックを寝床にして、右へ左へと船にあやされて、いつの間にか眠りに落ちた。

「ちょっと」

軽く肩を突かれて目を覚ました。窓の外には、黒々とした海が静かな波音を立てている。まだ朝の四時前だ。これを羽織って、と島の船乗りから黄色のレインジャケットを渡されて、真っ暗な甲板へ出ていった。

すでに船長は防寒着で操舵席《そうだせき》に着き、友人は防水カバーをかけてビデオカメラを回して試し撮りをしている。いつの間にか港のすぐ外へ船は出ていて、そこで昨晩から錨留していたらしい。波のない静かな海だ。

「さあ、どうぞ」

いつの間にか船横にゴムボートが回されていて、中から島の船乗りが手を差し出している。夜と朝の端境の海へ下りる。船にロープでボートを繫ぎ、海に任せる。

空には白々した月が出て、薄く光の筋が海に映っては、細かく割れて消えていく。空気は乾き、空が澄んでいる。夜の終わりを無数の星が見ている。

サルデーニャの男たちは、何も言わない。黙って座っていると、ボートの周りの海面がキラキラと光っては消えていく。砂金をまいたような小さな光の粒だ。月明かりかと思って空を見ると、もう月は見えない。水平線が薄い黄色を帯び始めている。光の粒は、薄い銀色から白へ、そして黄色から金へと輝きを変えながら海面に上がってきては流れていく。

「今、生まれてきた海の命です」

船長が停泊灯を消した。

黒に戻った海に小さな命がきらめく。海に沈んで消えてしまった幾多が、光となってまた戻ってくる。

［虹］

どんな光にも色がある

窓の外の新緑をぼんやり見ながら、今しかない、と思った。突然、イタリア行きを決め、二日後に日本を発つことにした。予定はいつも未定だった自由自在の毎日が一変してから、二年半が経つ。過ぎてしまえば瞬く間だったようにも思え、久しぶりに出発することになっても、今まで通りの手順で準備をするだけ、とさほど特別な気持ちにはならない。唯一これまでと異なるのは、イタリアでの滞在が今回は数日と限られていること。用件を済ませたら、また日本へトンボ返りしなければならない。スーツケースを用意しながら、空白の二年半をこの期間でどう取り返せるのか、生まれて初めて一時間刻みの旅程を考えてみる。

裁判所からの通達や各年のクリスマスカード、ミラノの保健所からの定期健康診断の予約受付票、運転免許証の更新時期の通知、地区の住人集会の知らせ、請求書多々、「生まれました！」写真付きのカード、購読契約している雑誌などが、ミラノの家の居間のテーブルの上に積み重なっている。二年半で溜まった、一方通行の便りだ。頼んで留守宅に定期的に通ってもらっている人が都度、内容ごとに郵便物を仕分けて写真に撮り、送ってきてくれていた。かつての日々の喜怒哀楽が、携帯電話の小さな画面の中で見渡せてしまう。あれほど煩雑に感じていた日常も、距離と時間をおいて見ると、大げさに騒ぐほどのことでもないように思える。緊急を要する通知は、コロナに押されて電子配信へと代わって届くようになっている。人を介さずに済むからだ。どうしても現物を、という類いは国際宅配便で転送してもらう。残りは言わば不要不急の、つまり優先されない知らせであり、テーブルの上に置かれたまま手に取られるのを待ち続けている。画面の中の、もはや期限切れとなった送付物の山を見ていると、自分も残骸のひとつに加わるような気がする。

雑事に追われながらもイタリアの日常のただ中で張り切っていたはずの自分は、コロナ禍の二年半で蚊帳の外の傍観者へと変わってしまった。待ち時間を過ごしていたはずの日本が、いつの間にか生活の拠点へとすり替わっている。

ゴールデンウイークに合わせて、感染拡大予防のための厳しい規制がようやく緩和されたところだった。これで海外への出足も徐々に戻るのだろう、と渡航を気楽に捉えていた。ところがいざ準備をし始めると、ワクチン接種やPCR検査の陰性など、パスポート以外にも自分の現況を証明する書類を用意しなければ、日本から出ることも入ることもできなくなっていた。イタリアへの直行便は二〇二一年の秋以降いまだに休止となっているため、一、二地点の経由地で乗り換えることになる。これまでならフランスやドイツ、イギリス、オランダ、デンマーク、オーストリアにフィンランド、ポーランド、中国や韓国、トルコなどから、予算と時間と好みに合わせて航路はよりどりみどりだった。格安のチケットを組み合わせてより速く安く飛ぶことも、旅慣れている人にはたやすかった。あえて経由地を作ってそこで降り、主目的の旅の中に小さな旅を入れ込むような楽しみ方もできたものだった。

ところが、ロシアである。疫病も先行きの読めない相手だが、この難局にロシアのウクライナへの軍事侵攻が加わるとは、まったくの想定外だった。地球は今、陸も空も闇の中にある。

アジアからヨーロッパへは、ロシア領空を避けて飛ぶ航路へ変更されている。やっとコロナ禍から抜け出して客足が戻ろうとしている中で、航空会社は一人でも多く、そして燃費を抑えて地球の環境を守りながら、経費と人材も節減しつつ、飛行機を飛ばしたい。複数の航空各社でチームを組み共同運航便で、戦渦の新航路を効率よく回そうと懸命だ。インターネットでフライトを探していると、各社の工夫と意気込みが伝わってくる。それでも、疫病と〝ロシア〟以前では十二、三時間だった飛行時間が、倍近くかかるフライトが大半だ。

私は、中国とモンゴルとロシアの国境スレスレに飛ぶ航路を選んだ。トルコ上空に抜けてそのままヨーロッパ圏へ入り、パリに到着。乗り換えて、イタリアのヴェネツィアへ入る。複数の航空会社の組み合わせだと、往路はうまく飛べても帰路は経由地での乗り換え待ちが十時間近くかかったり、中にはそこで一泊して翌日の午後に飛び、日本へは時差でさらにもう一日分日付が変わってから到着するような旅程もあった。数十時間の空の旅だなんて。鈍行の夜行列車で何日もかけて大陸を渡るようなものだ。

便利な旅程ほどためらうような高額で、それでもみるみるうちに空席が埋まっていく。一台のパソコンでフライトを探しながら、並行して別のパソコンで日本政府の水際対策の通達を読む。まるで樹海に紛れ込んだかのようで、私にはすぐに読解できない。いったん紙に打ち出し、自分の旅に該当する部分を抜き書きしてみる。

簡単に言えば、「行きはよいよい帰りは怖い」なのだった。イタリアでは感染拡大防止のためのいくつかの規制が残ってはいたものの、「おおむねピークは越えた」との判断で、世間はほぼ平常に近い状態に戻りつつある。ところが日本は、海外からの一日あたりの入国者数を制限し、厳しい水際対策を課し続けている。渡航先を出る際、PCR検査で陰性でなければ日本行きのフライトには乗れない。出国前七十二時間以内に、日本政府の基準に沿った検査方法による証明書式の発行でなければ無効となる。あらかじめ日本政府は世界各国の言語で検査用の書式を作成してある、と書いてある。あわててイタリア語版をプリントアウトする。

イタリアで発行された陰性証明書の現物を入国検査のときに見せればそれで終わり、というわけではない。水際対策のために日本政府が作ったアプリがあり、スマートフォンにダウンロードし、パスポート情報に始まり、日本国内の居住地、同居する家族、今回の渡航先情報、旅程、フライト番号、座席番号など、コロナ予防ワクチン三度の接種証明書とともに、イタリアで受け取ったばかりのＰＣＲ検査陰性証明書も写真に撮ってインプットしなければならない。このアプリを動かすにはほぼ最新のＯＳ環境が必要なため、ガラケーや古いスマートフォンでは日本へ入ることは不可能である。

〈お持ちでない人は、検疫前に購入するかレンタルしてください〉

!!!

携帯電話とパソコン二台で、日本政府のアプリに必要データをインプットし、並行してチケットを購入し終える。すると今度は航空会社から、

〈チェックインや乗り継ぎ手続きを迅速に行うため、当社のアプリケーションをダウンロードしてお客様の情報をインプットしてください〉

と、メッセージが送られてきた。海外の航空会社なので、画面にはその国の言語と英語で記載されている。間違えては大変、と〈日本語〉をクリックすると、自動翻訳なのか、いっそう謎の説明文がずらり。英語のページに戻って、説明に従って記入していく。電話で問い合わせようにも自動応答か不通で、人間とやりとりができない。ここまでで、すでにイタリアへ行って帰ってくるほど疲れきっている。

日本政府からの通達は何ページにもわたっている。読んでいくと、世界の国を感染拡大への警戒度に応じて赤、黄、青に分け、日本へ入国する際の検査内容も申請手続きも、入国後の待機が必要かなども、何色の国を発って日本に入るのかで異なる、とある。ややこしいのは、同じヨーロッパ圏内なのに、あるいはヨーロッパ圏に隣接しているのに、違う色のゾーンに指定されている国もあることだ。私が選んだ航空会社の国とイタリアは幸い同じ青色ゾーンなので、帰路、日本へ入国する際の検査や申請書類は変わらない。ところがもし、出発地と異なる色の国を経由する場合は、日本への入国のための諸々が異なることもありうる。

あるいは、乗り継ぎに長時間かかるようなフライトだと、〈出国前七十二時間以内に検体採取したＰＣＲ検査の陰性証明書〉の有効期限が途中で切れてしまう場合も出てくる。すると、経由地で日本政府の基準と書式に沿ったＰＣＲ検査を受け直し、陰性証明書を再び発行してもらわなければならないことになる。

多少高くついてもイタリアと同じゾーンの国の航空会社を選び、なるべく飛行時間が短くて〈予約変更が可能〉なタイプのチケットを選ぶ。価格が高いからと買い渋ると、「安物買いの銭失い」ならぬ「命失い」にもなりかねない。

やっとチケットを購入し、ひと息吐きながら何の気なしにその日のパリや東京、ヴェネツィア空港の発着情報を見ると、〈欠航〉の表示が並んでいる。

着くかどうかわからない旅は、何年ぶりだろう。かつて、内戦やテロの現場へ取材に発つ仲間を見送ったときのことを思い出す。

出発当日、余裕を持って空港へ向かい、国際線出発ロビーで足がすくんだ。私の他に日本人旅行者がいない。そもそも人がいない。広いロビーに、無人のチェックインカウンターが並ぶ。照明を落とした通路。鉄格子を下ろした店舗には、閉業を知らせる張り紙が見える。台座だけを残した、スーツケースをラッピングするコーナー。

チェックイン専用の機械の前に立つ。パスポートを差し込むと、機械は画面に映る私の顔と突き合わせ身元を認証し、画面越しにメッセージで手順を説明した。

「一キログラム弱ほど超過ですが、だいじょうぶです」

「今日は空席が多いので、どうぞゆったりなさってくださいね」

「ご到着のミラノは、晴天のようですよ」

チェックイン時のかつてのあの短いやりとりは、温かな旅の始まりだった。空港の吹き抜けの天井がやけに高く感じられ、端から端までが目に入る。無機質な空間には人の顔も手も見えず、声も聞こえない。殺菌室をくぐり抜け、追跡番号を振られ、工場から出荷される真空パック入りの食品になった気分だった。

これからどこへ行こうとしているのだろう。


水上バスに乗っている。すでに深夜一時を回っている。船内には乗船客が数名いて、船員とも客どうしも互いに顔見知りらしいが、あごを少し上げて挨拶を交わしたあとは、黙って船内に入り離れて座っている。公共交通機関を利用する際には、まだFFP2マスクを着けて乗らなければならない。マスク姿と開け放されたままの窓や甲板への扉以外は、これまで通りの夜のヴェネツィアだ。

黒い海は岸壁沿いの街灯を受けて光り、水上バスの舳先が割っていく。大陸側を右手に、ヴェネツィア本島の西端から外回りでジュデッカ運河を抜け、サン・マルコ広場が終点の航路だ。外回りは停留所と停留所の間隔が長いうえ、深夜便は立ち寄らない停留所もある。ジュデッカ運河は幅が広く両岸から離れているため、見知らぬ海峡を渡っているような錯覚に陥る。旅の途中でスーツケースが行方不明になってしまったため、身軽だ。眠気覚ましに外へ出てみるか。

これまでなら、屋根で覆われた甲板には昼夜を問わず、悪天候でも厳寒期でも大勢の観光客がいた。三百六十度、ヴェネツィアなのだ。皆、カメラや携帯電話を手に、手すりから身を乗り出して興奮していた。まだマスクが義務づけられている中の深夜便だし、景色から遠い外回りなので、さすがに誰も甲板にはいないだろう。

ところが、舳先に並んで座っている二人が見えた。夜の海風はまだ肌寒い。恋人らしい二人は帽子の上からパーカーのフードを被り、さらにカーディガンやスカーフなど、巻き付けられる限りの衣類を首や肩に巻いて肩を寄せ合っている。甲板に出てきた私が次の停留所で降りると思ったのか、二人は寒そうに背を丸めて席を立ち、そばにやってきて、

「こちらにお住まいでしょうか。ちょっとおうかがいしたいのですが」

強いシチリア訛《なま》りで話しかけてきたのは、若い男性のほうである。横で、同い年くらいの女性が、マスクとフードとスカーフのわずかな合間から目だけで笑いかけている。ボリュームたっぷりの細かい巻き毛が額に落ち、その隙間に縁取られるような目につい見入っ

てしまう。濃いまつ毛に切れ長で大きく、アラブかスペインを思わせる異国の瞳は射抜くようで、どきりとする。

「僕たち、ヴェネツィアは初めてなのですが、早朝の電車で家へ帰ります。最後に夜の外海を見ながら散歩をしたくて、深夜便でジュデッカへ渡ろうかと思いまして」

日本を出てから数十時間、初めて会話をする生の人間だった。うれしくて、つい口がもつれそうになる。深夜の海の上で、見知らぬ人から道を問われる。私も異国人だというのに、相手はそんなことは少しも気にしていないようだ。むしろ、「外国人ならではの情報が得られるのでは」と、思ったのかもしれない。

久々のおしゃべりに躍る気持ちを抑えながら、最初に口を衝《つ》いて出たのは、

〈島のことなら島人どうしに限る、ですよね！〉

だった。ヴェネツィアについて、シチリア島の人から日本人の私が訊かれている、のだ。

青年はパッと明るい目になり、フードを脱いであらためて挨拶をし直し、

「僕、フォルトゥナートといいます。え、ヨーコさん？　そうなのですか、いいお名前だなあ！」

太平洋の「洋」と書く、と名前の由来を説明すると、シチリアの青年は感に堪えないという顔で、海繋がりを喜んだ。誰もいない黒い海の上で、一気に距離が縮まる。それから

は、さすがの観光地ヴェネツィアでもこの時間ではどこも閉まっているだろうこと、コロナだし、そもそも離島ジュデッカには店が少ないので難しいかも、などと話した。水上バスは次の停留所でいったん本島側に寄ってから、ジュデッカ島へ渡る。ジュデッカ島を通る次の深夜便まで、かなり間が空くだろう。

ふと、ある広場のことを思い出す。本島側で降りてから、鉄道のヴェネツィア・サンタ・ルチア駅へと抜ける道中にあるサンタ・マルゲリータ広場は、大学に近いこともあり、昔から学生向けの下宿や食堂、書店が集まっている。広くて木陰もあり、日中は子どもたちが遊び、夕刻になると仕事を終えて大陸側へ帰宅する地元の人たちが立ち止まってアペリティフを楽しむ。オーバーツーリズムのせいで脇へ追いやられてしまったヴェネツィアの日常の情景をまだ目にすることができる、数少ない場所だ。古くからのバーカロ（簡単なおつまみとともにカウンター飲みができる、大衆食堂の総称。ヴェネツィアならではの店の形態）が軒を並べる。夏場には、店が閉まったあとも広場には若者が残り、談笑していたのを思い出したのだった。

「あまりお勧めしませんよ」

停留所が近づき準備に外へ出てきていた水上バスの船員が、私たちの脇を通りながら、話をさえぎるように出し抜けにそう言った。

「サンタ・マルゲリータ広場には、夕方を過ぎたら近づかない」

翌日、本島に住む知人たちに電話で帰国の挨拶をし、船上で出会ったシチリア島のカップルから広場へと話が及ぶと、全員が異口同音に言った。広場を避けるために回り道すらするようになった、と言う人までいた。学生や地元の人たちが思い思いの時間を過ごしていたあの場所に、いったい何が起きたのか。

イタリアで暮らすようになってから島嶼《とうしょ》部を含めて多くの地を訪れてきたけれど、ヴェネツィアに来るとほっとした。車が通らず、水が周囲の音を吸い込み、夜は照明が落ちて干潟は闇に沈み、静かに濡れそぼる。映画や食事で遅くなり、夜更けの町を独りで歩いて帰る。昼間には見えないヴェネツィアがそこかしこに現れる。日常に向けて、非日常への扉が開いて待っている。後をつけてくるのは、現世で迷う亡霊だけだ。用がなくても深夜を待っては、よく出かけたものだった。パラレルワールドへ旅するようでゾクゾクした。

どんなに平穏な町にも、独り歩きは避けたほうがよい地区や時間帯がある。ところがヴェネツィアは私にとって、イタリアで最も安心できる町だった。サンタ・マルゲリータ広場に近づき店明かりが見え人声が耳に入ると、暗い海で灯台に出会ったような気持ちになったものだった。

「先週、友人が広場のバーカロでタバコを手に立ち飲みしていたところ、タバコを一本譲ってくれ、とせがまれた。見ると、やっと中学生かどうかという未成年でね。『ないよ』と友人が断ると、出し抜けに顔に一発食らって鼻の骨が折れたんだよ」

女性は複数で連れ立っていても、わけもなく執拗に絡まれる。逃げても追われ、ついには路地奥へ追い詰められて暴力を振るわれる事件も起きているという。

水上バスの船員が、広場へ行く提案を一蹴したときの鋭い口調を思い出す。

「電話では話しきれない」

と、若い友人とアカデミア橋で昼過ぎに会うことになった。友人エンマは、コロナ禍にリモートでの受講や試験を経て大学を卒業したあと、大陸側でパートタイムの仕事に就いたという。郷里ローマには帰らず、ヴェネツィア本島で下宿暮らしを続けている。下宿先は、本島の真ん中にあるリアルト橋近くの大きな家だ。大家もその家に住み、間貸しをしている。十五世紀にさかのぼる歴史的な建物だが賃貸料は廉価だし、大家も三十代後半の気さくな人なので、エンマは気に入っている。祖母が遺したというその家には、果樹が植わり野草が繁る庭もある。土の地面は、ヴェネツィアでは贅沢《ぜいたく》だ。水の町の真ん中にあって、大陸側の郊外の古民家に紛れ込んだような風情がある。

二年半ぶりなのだし、下宿を訪ねて大家も交えて四方山話《よもやまばなし》をしながら、野趣あふれる庭も見たかった。

「しばらく下宿には戻っていなくて」


エンマが就いた仕事は、〈皆の家〉の手伝いである。自治体が提供する建物は、かつて学校か保健所だったところらしい。古いけれどいくつもの部屋に分かれていて、水道も電気も通っている。中庭もある。そこで、行き場所のない人たちを受け入れている。事情はさまざまだが、やってくる人は誰もが独りだった。大学で社会学を専攻したエンマは、セラピストや福祉の資格を持っていない。

「ただそこにあること、が〈皆の家〉の役割なのです」

朝早く着き、掃除をして、前日の記録に目を通す。誰かがやってきて、もし話をしたいようなら聞き、そうでないのなら黙ってそこにいる。必要ならば医療機関や警察、市役所の福祉課、保護施設などへ繋ぐこともある。

「でも問題の解決より、そのまま静かに受け止めるのが私の仕事です」

他人を助けることで、実は自らを助けてもらうということがあるのではないか。大学を出たばかりのエンマが企業への就職や研究職ではなく、闇を抱える人たちの中へ飛び込んでいった理由を考えながら、近況を聞く。

昨冬にエンマはコロナに感染し、下宿の自室で自主隔離して過ごした。クリスマス休暇に重なり、友人たちはこぞって帰郷してしまう。閉じこもっているエンマとビデオ通話で頻繁に連絡を取っていたが、少しずつ彼女から笑顔と言葉が消えていった。感染の病状より、その様子のほうが気がかりだった。やがて〈皆の家〉にもクラスターが発生して、長期間、閉鎖されてしまう。行き場所のない人たちが、一年で最も孤独感に苛《さいな》まれる時期と重なった。

「ようやく隔離期間が明け、〈皆の家〉を開けたときのことを忘れません」

自分と同年代の人たちが大勢、途方に暮れていた。高校生も沈んでいる。人と会いたくてならなかったのに、いざ対面すると話がうまく流れない。独りに慣れてしまい、時間や空間を人と共有するのがおっくうになってしまった。漠然とした不安。目標のない毎日。好奇心など持って、どうなる？　人生なんて、もう端から端まで見えてしまっている。

「表情が失せてしまった若い人たちに、どう接していいのかわかりませんでした」

〈皆の家〉は次第に、退屈するのすら疲れてしまったような若者たちの溜まり場になっていった。二年以上続いた感染防止対策のせいで、大陸側の小さな町村の若者たちにとって唯一の楽しみで集い場でもあった、クラブやゲームセンター、サッカー競技場が閉鎖され、多くがそのまま閉業してしまった。

はけ口を失った若い喜怒哀楽は、闇を這うようにヴェネツィアへ上陸し広まっていった。たちの悪いウイルスのように。

大陸側から〈自由の橋〉を渡ると、ヴェネツィアだ。店が営業を再開し始めると、やり場のない不安や怒り、絶望が、橋を越えて一気に流れ込んできた。サンタ・マルゲリータ広場は、憂さ晴らしの場所へと変貌していった。

心が折れてしまった人は、自分よりも弱い者を探し出して標的にする。幼い子どもに老人、傷病に苦しむ人、生まれつき身体が不自由な人、貧乏人、政治的な少数派、肌や目、髪の色が異なる者、外国人、異なる信仰を持つ人など。

エンマの下宿先の大家タニーノは、性を超越した人である。昨日はダークスーツで今日はくるぶしまでのスカート、午後からはタンクトップに革ジャンパーといった具合で、ピンヒールも履けば釣り用のゴム長靴も愛用する。早起きした日は、髪にハイライトを入れて念入りにメイクアップもする。心地よいことと美しいこと、楽しいことを暮らしの基準点にしている。誰とつき合おうが、何の仕事をしようが、いくら稼ごうが、彼にとっては二次的なことだ。境界線は存在せず、固定観念や先入観を嫌悪している。「イタリア語の名詞や形容詞に女性形と男性形の使い分けがあるのは、文法の世界の差別」と憤慨して、自ら語尾や単語までジェンダーフリーに変形させてしまうなど、「性にとらわれずに個人として尊重することが大切」と考えている。だから敬称も、〈シニョーレ（イタリア語の男性への敬称）〉ではなく、「〈ペルソーナ（人）〉でしょ」と、公式な書類もそれで通している。

殻に閉じこもるようなところがあるエンマとは正反対なのに、気が合うのだろう。待ち合わせて、ちょっと一杯、ということもよくあるらしい。

「コロナ前からのなじみのバーカロで、すっかり出来上がってしまって」

緩和後の外飲みを祝って、その夜のタニーノはバレリーナのチュチュのような、ピンク色のオーガンジーのスカート姿だった。長身で痩せた彼は、どんな格好でも人目を引く。肩にかかる髪はストレートで、ひとつまみずつ赤やピンク、黄色、青に染めてある。舞うように歩くたびにサラサラとなびき、虹色のたてがみを揺らして走るユニコーンのように見える。

楽しい夜のはずだった。サンタ・マルゲリータ広場を出てすぐの橋を上がろうとしたときに、「ピンクなんか着やがって！」、つけてきた数人にいきなり殴りかかられた。エンマも押されて倒れたところを、「女も男も差別しちゃいけねえーんだろ！」、あざけりながら、年端のいかない男の子たちは容赦なくエンマを踏んだり蹴ったりし始めた。タニーノは激《げき》昂《こう》し……。

どうやって家までたどり着いたのか、覚えていないという。昼過ぎに意識が戻ると、下宿はそこらじゅうが血だらけだった。エンマは近所の人たちの手を借りて、服を引き裂かれ半裸で意識を失ったままのタニーノを救急病棟へ運んだ。何度も殴られたのだろう。鼻は折れ、額が割れ、唇も裂け、両眼は腫れて開かなかった。いまだ暴行犯は見つかっていない。

遅れた見舞いにタニーノ宅へ向かいながら、ぼんやりとナチスの強制収容所で使われたバッジのことを考えている。「自分と異なること」を認めなかったナチス。「異物」を嫌悪し、徹底的に排除しようとした。すべて自分と同類でなければ世界は成り立たない、とでもいうように。ナチスは強制収容所で、どう異なるのかを種類別に色分けして管理した。逆三角形のバッジを色別に作り、囚人の胸に貼った。

ピンクは、男性の同性愛者を表す色だった。いわゆる〈ピンク・トライアングル〉だ。ラベンダー色がかった明るいピンクだった。今では、性的少数者の誇りと権利を象徴する色となっている。ちなみにニューヨークのエンパイア・ステート・ビルは、「すべての光には意味がある」とさまざまな記念行事に沿ってライトアップするが、毎年六月の最終週はラベンダー・ピンク色でライトアップされる。権力による性的少数者への迫害に立ち向から抵抗運動のきっかけとなった、一九六九年六月二十八日にニューヨークのゲイバー「ストーンウォール・イン」に端を発する〈ストーンウォールの反乱〉を記念している。

男の子を授かった、ミラノの友人のことを思い出す。自分で選べるようになると、男の子はいつもピンク色の洋服を欲しがった。そして、スカートがお気に入りだった。同級生の男の子たちはサッカーを選んだけれど、彼は迷わずクラシックバレエ教室に通った。道で会うと、覚えたてのステップを踏んで見せてくれた。着せ替え人形とそろいのピンクのスカートを誕生日に贈ったときの彼の輝く目は、今でも私の宝物のような思い出だ。

「長旅、大変だったね」

背をかがめそっと私の背に両手を回して挨拶すると、タニーノはそのまま私の手を引いて庭へ連れていった。ここを最後に訪れたのは、コロナ直前の冬だった。ヴェネツィアが記録的な冠水で甚大な被害を受けたあとだった。泥と曇天の空、降りしきる霙のもと、無彩色の光景はひどく哀しかった。その庭には今、シロツメクサが繁っている。雑多な草がぼうぼうと生え、黄色やピンク、紫色の小さな花を付けている。アジサイは枯れた花を垂れ、優雅だ。堂々と庭を横切る野良猫を壁に留まったカモメが見ている。庭に置いたテーブルに果樹が緑の影を投げかけている。小指ほどの西洋梨がいくつも生っている。実の穴は、鳥か虫が食べたあとだろう。「桜も植えてみたよ。来春が楽しみ!」。草木は、鳥のフンから自然に育ったものばかりらしい。低木もあれば、ヒョロリと伸びた木もある。強い陽が苦手な木もあれば、乾いた場所を好む花もある。それぞれ自分に合った方角を見つけて、思い思いに枝葉を伸ばしている。

タニーノはしゃべらず、ただニコニコしている。

「折れた歯の治療が、まだ終わらなくて」

数本残った歯を白く光らせ、口をすぼめて笑った。

青い空の下でさまざまな色が揺れている。

※本文中の新型コロナウイルスに関連する情報は、二〇二二年五月時点のものです。

初出「本の窓」二〇二一年三・四月合併号 — 二〇二二年八月号

JASRAC 出 2307304-301

内田洋子（うちだ・ようこ）
一九五九年神戸市生まれ。東京外国語大学イタリア語学科卒業。通信社ウーノアソシエイツ代表。二〇一一年『ジーノの家　イタリア10景』で「日本エッセイスト・クラブ賞」「講談社エッセイ賞」を受賞。二〇一九年「ウンベルト・アニエッリ記念最優秀ジャーナリスト賞」、二〇二〇年「金の籠賞」受賞。著書に『ミラノの太陽、シチリアの月』『ボローニャの吐息』『サルデーニャの蜜蜂』『モンテレッジォ　小さな村の旅する本屋の物語』『デカメロン2020』『イタリア暮らし』ほか。訳書に『パパの電話を待ちながら』など。

編集　齋藤　彰

見知らぬイタリアを探して

二〇二三年十月三十一日　初版第一刷発行

著者　内田洋子
発行者　石川和男
発行所　株式会社小学館
〒一〇一-八〇〇一　東京都千代田区一ツ橋二-三-一
編集　〇三-三二三〇-五七二〇　販売　〇三-五二八一-三五五五
DTP　株式会社昭和ブライト
印刷所　TOPPAN株式会社
製本所　株式会社若林製本工場

ISBN 978-4-09-389138-7